傅斯年 著

傅斯年 讲
中国古代文学史

当代世界出版社

图书在版编目（CIP）数据

傅斯年讲中国古代文学史 / 傅斯年著. — 北京：当代世界出版，2014.9

（民国大师讲堂）

ISBN 978-7-5090-0978-9

Ⅰ. ①傅… Ⅱ. ①傅… Ⅲ. ①中国文学－古代文学史－研究 Ⅳ. ①I209.2

中国版本图书馆CIP数据核字（2014）第152039号

书　　名：	傅斯年讲中国古代文学史
出版发行：	当代世界出版社
地　　址：	北京市复兴路4号（100860）
网　　址：	http://www.worldpress.org.cn
编务电话：	（010）83908456
发行电话：	（010）83908409
	（010）83908455
	（010）83908377
	（010）83908423（邮购）
	（010）83908410（传真）
经　　销：	全国新华书店
印　　刷：	北京兴星伟业印刷有限公司
开　　本：	710毫米×1000毫米　1/16
印　　张：	11
字　　数：	170千字
版　　次：	2014年9月第1版
印　　次：	2014年9月第1次
书　　号：	ISBN 978-7-5090-0978-9
定　　价：	24.00元

如发现印装质量问题，请与承印厂联系调换。
版权所有，翻印必究；未经许可，不得转载！

目 录

第一章 拟目及说明 …………………………………………… 001
第二章 叙语 ………………………………………………… 007
第三章 泛论 ………………………………………………… 011
   第一节 思想和语言——一个文学界说 …………… 011
   第二节 语言和文字——所谓文言 ………………… 015
   第三节 论语言之变迁与文学之变迁 ……………… 032
   第四节 成文的文学和不成文的文学 ……………… 033
   第五节 文人的职业 ………………………………… 038
第四章 史料论略 …………………………………………… 046
第五章 论伏生所传书
   ——二十八篇之成分 …………………………………… 057
第六章 诗部类说 …………………………………………… 074
   第一节 风 …………………………………………… 075
   第二节 雅 …………………………………………… 081
   第三节 颂 …………………………………………… 083
第七章 最早的传疑文人
   ——屈原、宋玉、景差 ………………………………… 093

第八章　楚辞余音 …………………………………… 096

第九章　贾谊 ………………………………………… 102

　附录 ………………………………………………… 108

第十章　儒林 ………………………………………… 109

　第一节　《诗》 …………………………………… 110

　第二节　《书》 …………………………………… 112

　第三节　《礼》 …………………………………… 114

　第四节　《礼记》 ………………………………… 114

　第五节　《乐》 …………………………………… 128

　第六节　《易》 …………………………………… 128

　第七节　《春秋》 ………………………………… 130

　第八节　《论语》、《孝经》 …………………… 133

第十一章　五言诗之起源 …………………………… 164

　第一节　论五言不起于枚乘 ……………………… 164

　第二节　论五言诗不起于李陵 …………………… 166

　第三节　论五言不起一人 ………………………… 168

　第四节　我们宜注意下列几件事 ………………… 171

　附录 ………………………………………………… 172

第一章 拟目及说明

第一篇 泛论

　　一　思想和语言——一个文学界说

　　二　语言和文字——所谓文言

　　三　成文的文学和不成文的文学

　　四　文人的职业

　　五　文学的环境"全"的意义

　　六　文体之演化

　　七　文人的天才

　　八　工具的和艺术的

　　九　论文艺批评之无意义

　　十　翻译

　　十一　史料论略

　　十二　泛论中国古代文学

第一篇　殷商遗文

　　一　汉文起原之一说

　　二　殷文书之直接材料

三　殷文书之间接材料

第二篇　著作前之文学

一　殷周列国文化不是单元之揣想

二　西周的时代

三　周诰金刻文附

四　泛论"诗"学《周颂》附韶武说《大雅》

五　《小雅》和《鲁颂》、《商颂》

六　三百篇之文辞

七　《周易》

八　何为"东周"　东周的分期

九　《周南》、《召南》和《国风》

十　"史"断烂朝报的春秋观

十一　私家记言文的开始《论语》

十二　《国语》记事文的开始　附论《文侯之命》及《秦誓》

十三　不风不雅的诗体　由老子到荀赋

十四　子家与战国的时代

十五　不著述的子家分论

十六　《汉书·艺文志》中著录秦前文籍表及考证存疑

十七　《世本》、《战国策》问题《竹书纪年》问题附

十八　方技书

十九　最早传疑文人　屈原、宋玉、景差

二十　著作之开端

第三篇　著作大成时代

一　论荀卿

二　秦皇与李斯"书同文车同轨行同伦"

三　论汉承秦绪

四　黄老刑名阴阳五行儒术之三角的相克相用

五　楚辞余音

六　上书和作赋

七　贾谊

八　汉赋体之大成

九　《吕览》之续《淮南子》

十　西汉盛时文人在社会中之地位　以东方朔、枚皋为例

十一　儒林

十二　汉武帝

十三　司马迁

十四　五言诗之起源

十五　汉乐府

十六　刘向

十七　扬雄

十八　所谓古文学

十九　泛论八代之衰

　　这一科目里所讲论的，起于殷周之际，下到西汉哀平王莽时。别有补讲若干篇，略述八代时新的方面，和唐代古今文学之转移关键。

　　这样断代的办法，或者需要一个很长的解说，才可不使人觉得太别致，但将来全部的讲义写完，才是把这样断代的意思写完，现在只能说几句简直的话。我们总不便把政治的时代作为文学的时代，唐朝初年的文学只是隋朝，宋朝初年的文学只是唐季，西汉扬子云的古典主义和东汉近，反和西汉初世中世甚远；东汉的文章又和魏晋近，和西汉远。诸如这样，故我们不能以政治的时代为文学的时代。若不然者，不文的汉高祖，成了我们分别时代的界限，岂不支离？即便把秦始皇之年作为断代所据，我们也还免不了感觉秦之李斯实是战国人，战国之荀卿却实是在思想上为秦之开端者，即汉代初年吴、梁诸王客依然是战国风气。文学时代之转移每不在改朝易代之时，所以我们必求分别文学时代于文学之内，不能出于其外，而转到了政治之中。以这层意思为标准，则我们断代的宗旨如下所说。第一，以自殷商至西汉末为古代文学之正身，以八代为古代文学之殿军者，正因周汉八代是一线，虽新文学历代多有萌芽，而成正统大风气之新文学，至唐代方才见到滋长。例如从韵文一边说，七言诗，新乐府，绝句，词，曲，杂剧，传奇；从散文一边说，文言小说，俚言小说，以开宋之平话，明清之长篇小说者，又若纯在民间的文学，如流行的各种唱本弹词（这些里面尝有绝好的文章，惜未整理过，我们现在看去，觉得披沙拣金之苦）。乃至尚未著文的传说歌曲。或者我们将来得见的材料多了之后，也可以在八代中为这些东西找到一个远端绪。不过这些东西，除七言及新乐府以外，到底在八代后才能大体滋衍，至少我们现在所得见到之材料如此。使近代文学成就得以异于古代者，是这些东西，不是八家的古文及其继续者，摹拟八代的五言诗、西昆、西江、三杰、前后七子等等。因为学古文摹古诗至多做到了古人之后劲；若新的端绪，新的生面，必用新体，必有异于古的感觉及理想，方才可以别开世代。我们既以这些色彩标别近世，则古代断代应在唐世。时间是自然的，断代是不自然的，所以不同世代的换移，尝经好几百年，才见得完全成就了。若果有人问我们断自何年，我们只好说无年可断。分别时期之时，还应标明时期不能分别之意。

至于以古代文学之盛，断自哀平王莽，而以其下之八代为"乱"者，乃因周秦西汉是古代文学的创作期，八代之正统文学则不然（此处所谓八代指东汉至隋，西汉不在内。苏子瞻称昌黎"文起八代之衰"者，正如此意也）。扬子云而前，中国只有文学，没有古文，虽述作并论，究未若东汉魏晋六朝之正统文学中典型观念之重。八代的东西若不是有自民间而上达的五言诗及乐府，和佛教的影响，恐怕竟没有什么可以说是这时候自己创造的东西；而骈文律诗，都是典型文学中（俗译古典文学）之极端趋势，翻新花样而已（骈文律诗之为典型文学，待后论）。骈文家之李申耆固认八代为周汉之流裔，而古文家自韩退之而后，都抹杀八代，八代之所以为八代，与其所以不为周汉者，正以他实自周秦盛汉出来，而不能平空另起一线（五言诗等除外，但五言到晋宋以后，典型既成，与文同趋矣）。试看自扬子云开始，求整，用古，成为文学之当然风气。文章愈趋愈骈，直到庾子山晚年的赋，唐四杰的文辞，差不多是一个直线。若长篇著作，也是愈后愈觉形式先于骨肉，在文风上都是向"文笔"之分一个作用上进化。我们可以说这是进步，假如我们欢喜这个；也可说是每况愈下，假如我们不欢喜。转看周秦西汉，头绪繁多，作体自由，并不见有限制自己的典型。以这个理由，八代但可为周汉之殿。

至于周秦西汉之中，又分"著作前"、"著作大成"两时期者，乃因春秋及战国前半之文书，官籍而外，记言而已，方技而已。虽国语在这个时期内成就，但这书究竟还是记言文之引申，敷衍文词者多，记录成事者少，当不同于楚汉春秋之多历史性质。若诸子之文，前期但记言，至荀卿、吕不韦、韩非等方才据题著文，抽象成论（《史记》明谓荀吕等始作）。且著作前期有文学而无文人，"奚斯颂鲁"之说，既不尽可靠；《小雅》中又只有一篇标作者。楚词宋赋既不消说是和汉赋为一气，而远于战国前半的文学，且又是指名作者之文学；著作出来，文人出来，自然必是开新世纪的事。

不过我们究竟不要把分期一件事看得太固执了，譬如八代为周秦西汉文学之殿，本不能包括五言诗而论，即盛于唐代的七言诗也是造胎于八代的。由一个观念可以这样分，另由一个观念可以另一样分，这里分时期本不是作科学的计量，只是愿将一切看来好像散漫的事实，藉一种分时期法，略使我们看得一种比较扼要的"视线形"（Perspective）而已。

十六年十月拟目，十七年十月改订

第二章　叙语

诸君研习文学，第一要避免的，是太着重了后来人的述说，批评，整理的著作，以及叙录的通书，而不着重原书。诸君假如仅仅细心的读完了一部书，如《诗经》，或《左传》，或《史记》，或一大家的诗，都比读完一切近年来文学史的著作好；又如把楚词的章句故训详细校读一遍，自己会有一种见解，便也用不着别人的教科书。所以文学史之用，断不是以此代替读专书，恰恰反面，乃是刺激人们去分读专书的。不过，我们虽知道专书的研究是根本工夫，而但能分读专书不知联络的人，也常常免不了"鄙陋"，把这个名词翻成近代话，"乡下人气"。所见不广，不知道文学因时因地的变迁和联络，就要"坐井观天"了。讲文学史一科之意就是这样。

我们写文学史时，最简单的办法，是把诸史《文苑传》及其他文人传集起来，加上些别的材料，整理成一部郑夹漈所谓通志中之一志，这样子的一个"点鬼簿"，不是不可以做的，也可以做得很精细的。或者把各时代的文学评论集起，依时排列，也可成一部很好的记载。不过，我们觉得文学之任务当不止于这样编辑的工夫，我们现在的要求是以讲说引人作学问，不是修书。一时想到，作文学史应该注意下列三项工作。

第一，因为文学史是史，他和史之别的部分之分别，乃因材料不同类而分开题目去作工：要求只是一般史学的要求，方法只是一般史料的方法。考定一书的时代，一书的作者，一个事件之实在，一种议论的根据，虽是文学史中的问题，也正是通史中的事业。若是我们把时代弄错，作者弄错，一件事之原委弄错，无限的误谬观念可以凭借发生，便把文学史最根本的职务遗弃了。近代中国的语言学和历史学，开创于赵宋（说详后），近三百年来成绩很大，最近二十年中，尤有若干新观点，供我们这一项的考定知识之开拓。这一类的工夫是最根本的工夫，即是我们谈文学史的第一个要求，若这一条任务举不起来，其他的工作没有附丽的所在。

第二，我们看，若干文体的生命仿佛像是有机体。所谓有机体的生命，乃是由生而少，而壮，而老，而死。以四言诗论，为什么只限于春秋之末，汉朝以来的四言诗做不好，只有一个陶潜以天才做成一个绝无对偶的例外？为什么五言起于东汉的民间，曹氏父子三人才把他促成文学上的大体制，独霸了六朝的诗体，唐朝以后竟退居后列，只能翻个小花样呢？为什么七言造胎于八代，只是不显，到了李杜才成大章法，宋朝以后，大的流变，又穷了呢？为什么词成于唐，五季北宋那样天真，南宋初年那样开展，吴梦窗以后只剩了雕虫小技呢？为什么元曲俗而真，粗而有力，盛明以来的剧，精工上远比前人高，而竟"文饰化"的过了度，成了尾大不掉的大传奇，满洲朝康熙以后又大衰，以至于死呢？为什么屈宋词赋变到成了汉朝的大篇章之赋遂没有了精神呢？就是这些大文体，也都不像有千年以上的真寿命，都是开头来自田间，文人借用了，遂上台面，更有些文人继续的修整扩张，弄得范围极大，技术极精，而原有之动荡力遂衰，以至于但剩了一个躯壳，为后人抄了又抄，失去了扩张的力气：只剩了文字上的生命，没有了语言上的生命。韵文这样，散文也一般，详细的疏证，待"文体"一章说。这诚是文学史中的大问题，这层道理明白了，文学史或者可和生物史有同样的大节目可观。"把发生学引进文学史来！"是我们工作中的口号。

　　第三，文学不是一件独立的东西，而是时代中的政治、思想、艺术、生活等等一切物事之印迹。世上有限于一时代之文学，假如他里面的质料和感觉是只属于这一时的；有超于一时代之文学，假如他里面的质料和感觉是超于这一时代的；但断断没有脱离了时代的文学还能站得住。古文有脱离时代的要求，古文便没有生命。所以文学不能离其他事物，独立研究，文学史上的事件，不能离其他事件，单独推想而得。"灵魂在一切事物中，一切事物之全即是灵魂"。文辞中的情感，仿佛像大海上层的波花，无论他平如镜子时，或者高涛巨浪时，都有下层的深海在流动，上面的风云又造成这些色相，我们必须超过于文学之外，才可以认识到文学之中，例如屈宋文辞，出产于楚国的世代，汉朝词赋只是吴梁武帝诸朝廷的产品，齐梁间的文华形成俪体，北地的壮风振作唐代的文学。唐诗宋诗题目不同，唐诗的题目到北宋中期后进到词里面，而所谓宋诗者，另是一套题目；正因为唐代文人多是中朝闲散之人，或是持节大夫之客，所以除杜韩若干大家自己为自己作诗以外，多是寄托于卿相的华贵生活中之装饰艺术家。宋代文人的生活独立些，于是题目因生活而不同，感觉之界，因题目之不同而又不同了。又若很小的事，如读一首小诗，每觉映射世代之远大，即如唐人绝句，"黄河远上白云间，一片孤城万仞山。羌笛何须怨杨柳，春风不度玉门关"。在唐时安西万里，征戍者有此情感，这诗自是最真的诗。设若在现在人作来，便全无意义了。又如初唐律诗，"卢家少妇郁金香，海燕双栖玳瑁梁。九月寒砧催木叶，十年征戍忆辽阳。白狼河北音书断，丹凤城南秋夜长。谁谓含愁独不见，更教明月照流黄"。这诗正基于隋唐东征的事实，府兵家庭的情景，俨然画出初唐人的情感，题曰"古意"，实是今文。诸如此类，文情流变，与时代推移，是我们了解文学与欣赏文学中之要事。这是我们的第三要求。

现在不是著一部文学史，乃是把一部文学史事之卮言写下来，作我们后来回想的资料。中国古代文学史所包含的时代恰恰有无限的困难问题，非我们现在的能力所能解决，且现在我们所及见的材料正也不够供我们解决这一切问题的。我的"卮言日出"，非供诸君以结论，乃赠诸君以问题，有时或觉说的话仿佛徘徊歧路，毫无定见样的，这正因为我们不便"今日适越而昔至"。且把一切可能的设定存在心中，随时推端引绪，证实证虚。假如这些问题刺激得诸君心上不安宁，而愿工作，以求解决，便达到这讲义的目的了。"奇文共欣赏，疑义相与析"，愿同勉之。

十七年十月

第三章 泛论

有些事件，并不附丽于任何一时或任何一人或任何一书，而这些事件又恰是文学史上不可忽略者，于是提到前端来，写成十篇泛论，以当我们的文学界说。

第一节 思想和语言——一个文学界说

从来治哲学而谈心理的人，每每把思想当作内体，把语言当作外用，以为思想是质，语言是具，语言是所以表思想者，思想却不即是语言。我们在很多地方早已为这一说所化了，所以时时感觉着文辞之用是先想着，后说出，虽然有些平常事实已经和这个"成见"反背，例如我们"冲口而出"的话，还不是我们先说出来后来再想到呢？我们想时还不是等于不说出口，自言自语呢？然而决然断然以思想为语言之收缩，不以语言为思想之表达者，初不曾听到，直到一些人扩充生理学的方法于心理学之界域，才有一个人直以思想为语言之内敛习惯。(看 J. B. Watson：Psychology from the Standpoint of the Behaviorist 及其 Behaviourism) 这本是心理学中一个实验问题，解决和发展应是实验室中的事，不消我们去谈论，但有一点却和我们做文学的定义时相涉，这一点如下。假如语言是思想之向外者，则思想是大名，或前名；语言是小名，或后名。文学纵是以语言为质料，却实在以思想为体。假如思想是语言之向内者，则语言是大名，或前名；思想是小名，或后名。文学纵不免时时牵连到思想的特殊范域，却自始至终，一往以语言为体。由前一说，文学与语言之"一而二二而一"之作用不显，也许竟把文学界说做"即是思想之著于竹帛者"。如是，则动感情的文辞与算学又何以异？而一切文学中之艺术的作用，原是附丽于语言者，由此说不免一齐抹杀。由后一说，则文学与语言之"一而二二而一"之作用甚显，文学所据，直据语言。语言向内的发展，成所谓内敛习惯，固然也是文学时常牵涉到的，但究竟不是直接的关系。"文言"之艺术是由自然语言而出之一种的特殊发展，算学亦是由语言而出的一种特殊发展，然而文言究竟还是语言：故仍是文学中的事件，而算学是直由思想之中写于纸上者，已经辗转的出去了一切与语言之直接的关系，故断然不是文学中的事件，至与一切关涉逻辑的文词，或曰论，或曰义理之文，虽亦是语言之一种特殊发展，且与内敛习惯关涉尤多，然究竟可以直自口出，故仍不失其在文学的界域中，且正凭其去自然语言之远近定其文学的质素之浅深。总而言之，文学是根据语言的，不是根据思想的，至多是牵涉及于思想的。不管语言与思想在心理学中如何解决其关系，我们在此地且用这一个假定的解说。

　　文辞是艺术，文辞之学是一种艺术之学。一种艺术因其所凭之材料（或曰"介物"Medium），而和别一种艺术不同。例如音乐所凭是"金石丝竹匏土革木"等等，以及喉腔所出之声音；造像所凭是金属、石、石膏、胶泥等等所能表示出来的形体；绘画所凭是两积空间上光和色所能衬出之三积的乃至四积的(如云飞动即是四积)境界；建筑所凭乃是土木金石堆积起来所能表示的体式。文词所凭当是语言所可表示的一切艺术性。我们现在界说文学之业(或曰文词之业)为语言的艺术，而文学即是艺术的语言。以语言为凭借，为介物，而发挥一切的艺术作用，即是文学的发展。把语言纯粹当作了工具的，即出于文学范围。例如，一切自然科学未尝不是语言，然而全是工具，遂不是文学；若当作工具时，依然还据有若干艺术性者，仍不失为文学，例如说理之文，叙事之书，因其艺术之多寡定其与文学关系之深浅。这个假定的界说，似乎可以包括文学所应包括的，而不添上些不相干的。

  各种艺术因其所凭借之介物不同，故不能同样的发展，又因其同是艺术，故有类似的发展。文词之中，有形体，这是和造像同的；有章法，这是和建筑及长篇音乐同的；有声调，这是近于音乐的；有境界，这是同于绘画的；有细密而发展不尽的技术(Technique)，这是和一切艺术同的；有排荡力，为所感者哀乐动于中，"不知手之舞之足之蹈之也"，这是和一切大艺术之作用同的。著文等于谱乐，只是所用的单位不同，著文者用语言之词，谱乐者用音韵之节。著文等于绘画，意境为先，有时诗与画可作丽比，正由诗境画境同者实多。著文等于建筑，建筑时"意匠惨淡经营"，成就一段"天似穹庐"之体。文词中之结构，俗学者谈得只是八股，然雅颂汉赋以来之韵文，及子家、史传以来散文，无不有构造，以成形体之力量。文辞中有"态"，"态"是与造像绘画同的，文辞中有"势"，"势"是与建筑同的。一切艺术都是以材料为具，人性为宰，人之性灵运用在一切材料之赋给和限制上，所以各种艺术，因人之性灵而有沟通，因材料之赋给和限制而有独立，述说一切艺术之集合，未尝不可为"成均"之论也。必以文学为艺术，然后文词之品德和作用有可见其大体者。

有通达的文学，有鄙陋的文学，有大文学，有小文学；正和音乐中有通达的音乐，有鄙陋的音乐，有大音乐，有小音乐一样；正和其他大艺术有这些品类分别一样。疏通致远者为达，局促于遗训或成体或习俗而无由自拔者为鄙，能以自己之精灵为力量以运用材料者为通，为材料所用者为陋，能自造千寻华表者为大，从固有之成就，更复一腔一面堆积者小。八股不能成大文学，因为大文学之品质在这一体中无所附丽；连珠箴铭不能成大文体，因为这些体裁里只有微末的小技可以施展。一种文学之高下即等于在此文学中艺术作用之大小而已。

写文学史应当无异于写音乐史或绘画史者。所要写的题目是艺术，艺术不是一件可以略去感情的东西，而写一种的史，总应该有一个客观的设施做根基。所用的材料可靠，所谈到的人和物有个客观的真实，然后可得真知识，把感情寄托在真知识之上，然后是有着落的感情。不过所谈者仅是一切考核比例，也不算完全尽职的，必有感觉，才有生命。宋人谈古代，每每于事实未彰之先，即动感情，这是不可以的；若十足的汉学家，把事实排比一下就算了事，也不是对付文学的手段，因为文学毕竟是艺术。必先寻事实之详，然后成立说者与所说物事相化之情感，如此方能寡尤，方能遂性。我在这里本不是著文学史，只是作些文学史题之卮言，但也希望诸君能发乎考证，止乎欣感，以语学（大陆上谓之 Philologie）始，以"波涛动荡 (Sturm and

Drang)"终。

第二节　语言和文字——所谓文言

把语言和文字混做一件事,在近代欧洲是不会有的,而在中国则历来混得很利害。例如,中国和朝鲜和安南和日本是同文,不是同语,英德以及各拉丁民族是同文,即是同用拉丁文书,不是同语。西洋有国语而无国文,文书都是在一个时期向文化较久的别个民族借来的,而中国却有一个自己国人为自己语言用的文书,虽说这种文书后来也为外国人用了,如朝鲜、安南、日本,不过这些外国人是把汉语汉化一齐搬去的,所以他们实在是以文化的原故借汉语,只是读音有些变迁,到很后才有把汉字表他们语言的,如日本文中的训读。汉字既专为汉语用,而汉语也向来不用第二种工具来表他,只到近代耶稣教士才以罗马字母作拼音字,以翻译旧新约书,中国人自己也有了各种的注音字母,所以汉字汉语大体上是"一对一"的关系,历史上的事实如此。其实汉字和汉语并没有什么生理上的关系,我们固然可以汉字写英语(假如为英语中每一音设一对当之汉字),也可以腊丁乃至俄罗斯字母写汉语,这里只有一个方便不方便的较量,没有不可能性。古来人尚知文语两件事的分别,譬如说,"老子著作五千言",这是和五千文不同的,五千言是指读起来有五千个音,五千文是指写下来有五千个字。这个分别汉后才忽略,正因汉后古文的趋向益盛,以写在书上的古人语代流露口中的今人语,于是这层分别渐渐模糊，文即是言言即是文了。

把文字语言混为一谈，实在是一个大误谬。例如所谓"文字学"分为形体、声音、训诂三类，这三类中只有形体是文字学，其余都是语言学。又如只有《说文解字》是字书，后来的如《干禄字书》等乃是纯粹字书。《广韵》、《释名》、《玉篇》等等在大体上说都是语书，而后人都当作字典看。我们现在所习的外国语是英语、法语、德语等，并不是英文、法文、德文等，而误称做"文"。这一层误谬引起甚多的不便，语言学的观念不和文字学分清楚，语言学永远不能进步；且语、文两事合为一谈，很足以阻止纯语的文学之发展，这层发展是中国将来文学之生命上极重要的。

先谈中国的语言。世界上的语言不是各自独立的，而是若干语言合起来成一语族，另有若干语言合起来成另一语族等等。现在的世界上有多少语族，我们不能说，因为世界上大多数的语言是没有详细研究过的。也许后来找出完全孤立的语言来，但这样情形我们只可去想，他的亲属灭亡，仿佛世界上有若干甚孤立的物种样的。能认识语言的亲属关系，是一件很近代的知识，古来没有的。譬如汉语和西藏语的关系之切，有些地方很可惊人的，但自唐太宗时代中国和吐蕃文化上大交通，没有人提到这一层。又如希腊、罗马语言之关系密切。现在更不消详说，而罗马文法家天天在转译希腊语学，却不认识他们是兄弟。又如罗马使者塔西吐斯到了日耳曼境，不特不认识他这一个兄弟语，反而以为这些北欧蛮族的话不像人声。近来所谓"比较言语学"者，就是这一个认识语言亲属之学问，到了十八九世纪之交，因梵语学之入欧洲才引生。德意志、丹麦两地的几个学者，经数十年的努力，又因印度、希腊、拉丁三种语学以前各有很好的成绩，可以借资，而欧洲又很富于各种方言的，于是所谓"印度日耳曼语学"（或曰印度欧洲因东起印度西括欧洲）成为一种很光荣的学问。到现在欧洲各国的大学多有这一科的讲座，各国大家辈出，而这一族的语言中之亲属关系紧，大致明白了。比较言语学在性质上本像动物或植物分类学，以音素及语法之系统的变迁，认识在一族中，不同的语言之联络。印度日耳曼语族以外，尚有赛米提系比较语言学也还发达（包括古埃及、亚西里亚、希伯来、叙利亚，以及中世以来阿拉伯各方言，厄提欧波各方言等等），芬兰、匈牙利系语学也有成绩。此外之作比较言语学者，虽在黑人的话也有些动手的，不过现在都在很初步的状态，远不如上述几族的比较语言学之发达。中国语所属的一族，现在通常叫做印度支那族，因为西至印度之中心，东括中国全境之大部。在这一带中的语言差不多全属这一族。这一族里比较有迹可寻的，有两大支，一西藏缅甸支，这一支中保存印度支那系之古语性质稍多；二中国暹罗支，中国语的各方言和泰语（暹罗语所自出）的各方言，成这一枝的两叶。这是以语法音素名词等为标准去分类的；这样分法已经是成立事实。但其中若干事件，现在的知识正在茫无头绪中，且有好几支的语言，如孟大（在印度中东部）、孟、克摩（克摩在交趾西、柬埔寨北及暹罗南境。孟散在缅甸境中）、安南（合以上通称东亚洲滨支）虽知道是和这一族有些关系，或在内，或在外，但目前的知识还太稀薄，不够下稳固断语的。这印度支那语系之特质，即以汉语为例而论，第一是单音：这层情形，在各语各方言中也颇不同。中国东南各方及语音尚富，故单音词尚多，至于北方的"官话"，语音的原素甚少了，古来不同音现在变为同音的字很多，因而有用双音词之要求。这个"单音"的性质，未必是印度支那语系的原始性质，藏缅语支中尚保存些词前节(Prefix)，有人说，这些词前节在七世纪以来虽已只剩了声，没有了韵，而不成一独立音，但古来是成独立音的，至于各种泰语中有些甚复杂的不独立音的词前节，只有汉语才把词前节从甚早的时代落得干净。第二是：无语尾变化，而以"虚字"代印欧语中流变作用(Inflexion)。但西藏语之动词有类似流变者。汉语在春秋战国时，代名词亦偶有"吾我"、"尔汝"之别("吾"、"尔"主位，"我"、"汝"受位，《论语》、《庄子》各书中例甚多，此系胡适之先生及珂罗倔伦先生不谋而合之发见)，西藏语之语尾追加词亦有很不像是虚字追加者。第三是韵色：韵色在齐梁时始有四声之标明，现在中国北部有四，中部有五，广东有九(或云尚多，此须细研究后方可论定者)，西藏语在始著文字时尚没有这个，而现在的方言中有，但用以别古来本不同音，而现在变做同音之词，大约这个性质之发展，正是因为音素趋少而生的。就以上三事看去，我们已经可以约略看出汉语是在这一族中进步最剧烈的，固有的若干文法质素现在尚可在西藏等语中找到者，在汉语均早消灭了痕迹。现在的汉语几乎全以虚字及"语序"为文法作用，恰若近代英语在印欧语中一样，改变得几不是印欧语旧面目了。中国语言的位置大致这样。

中国文字完全另是一回事。古来研究中国文字学者，常常好谈造字之本，这是非常越分的举动。文字的发明和其进化成一个复杂而适用的系统，是世界文化史上顶大的事件之一，虽以印加斯(南美文化最高之国，美洲发现后灭亡)文化之高，有很多地方和旧大陆相埒，竟没有文字。离他不远在中美洲的墨西哥故国虽有文字,而甚朴质。至于旧大陆上文字之起源,目下的知识全在暗中,我们现在所能找到的最早的埃及古文、美索不达米亚古文(苏末古文),虽然现在人以自己的观点看去是些朴质的文字,其实这些古文已经是进化上许多世代之产物了。西方文字的起源虽无材料可考(此指埃及美索二地论,如希腊多岛海及西班牙各地遗留原始文字,应另论),然我们知道历史上及现在世界上的一切字母,除甚少例外如日本等,皆出于一源,白赛米提族出来的一源。虽现在各系字母如此不同,然学者业经证明印度各字母以及从他分出的西藏南亚洲各字母皆出自南赛米提,畏兀儿、蒙古、满洲皆是叙利亚文教东来带来的,而希腊、伊大利各字母之出于腓尼基等人民之殖民,更不消说。独自凭空创造文字,发明字母,历史上竟无成例,可见文字创造之艰难。至于中国文字是否也在这个世界的系统中,或者是一个独立的创作,我们现在全没有材料证实证虚。如保尔(O. S. Ball)之论,以文字及语音证汉字与苏末在远古的关系,其中虽有几个颇可使人惊异的例,不过此君的亚叙里亚学未必属第一流,而又不识中国古音,且用了些可笑的所谓中国古文,故弄得此书上不了台场。但这层关系并不能断其必然,且近年安得生君在北方发现新石器时代物中,许多式和西方亚细亚近中出现者绝同,是史前时代中国与西方亚细亚有一层文化接触的关系,或民族移动的事实,非常的可能,因此而有一种文字系统流入,迁就了当地语言,成一种自己的文字,也不是不许有的,不过这层悬想只是悬想,目下还没有供我们入手解决这个问题的材料。中国文字最早看到的是殷朝的甲骨刻文,近年在安阳县出土者,这里边的系统已是很进步的了,所谓"物象之本"之文,及"孳乳浸多"之字，都有了。果真这系统不是借自他地，而是自己创的，这真要经过数百年乃至千余年了。从这么进步的一个系统中求文字之始，和从秦文中求文字之始，差不多是"以五十步笑百步"，因为殷文、秦文中之距离还要比殷文和文字原始之距离近得多着呢。

中国文字本有进步成一种字母之可能，盖形声假借都是可由以引出字母之原动力（即以欧洲字母第一个论，A[∀]形则牛头，读则阿勒弗，赛米提语"牛"之义。这个象形的字后来为人借来标一切的"阿"音，以下字母均仿此。又如楔形文字用以记亚叙里亚波斯古语者，每每一面记声，一面附以类标，颇似中国之形声）。或者当时没有这层需要，又因这个非字母的文字发达到甚完备的地步，且适宜于笼罩各方的读音，所以虽然梵文入了中国便有反切，却不生字母（三十六字母实非字母，乃声类而已）。这个非标音的文字（只就大体言其非标音）最初自然也是用来记言，但以非标音之故，可以只记言辞之整简而不记音素之曲者。更因这个原故，容易把一句话中的词只拣出几个重要的来记下，而略去其他，形成一种"电报语法"。又或者古来文书之耗费甚大，骨既不见得是一件很贱的东西，刻骨的镞石或铜刀尤不能是一件甚贱的器具。不记语音之一件特质，加上些物质的限制，可以使得文书之作用但等于符信，而不等于记言。中国最早文书之可见者，是殷代甲骨文，文法甚简。我们断不能从这里做结论，以为当时的语言不复杂，因为甚多的文法助词及文法变化可因这种记载法省略了去。又假如殷商之际是一个民族的变化，殷周非同一的民族。不说一种的语言，周人固可把殷人的文字拿来写自己的话，只要向殷人借用了若干文化名词，如日本语中之音读字，便可把这层文同语异的痕迹在千年后研究书缺简脱者之心中泯灭了。这个可能的设定,固是研究中国最早语言的一大难题,且这样文字的记言,大可影响到后来著述文中之公式及文法。譬如《春秋》一书,那样的记事法,只是把一件事标出了一个目;又如《论语》一书,那样的记言法,只是把一片议论标出了一个断语,岂是古人于事的观念但如《春秋》之无节无绪,古人于言的观念但如《论语》之无头无尾,实在因为当时文书之用很受物质的限制,于言于事但标其目,以备遗忘,其中端委,仍然凭托口传以行。所以事迹经久远之后,完全泯灭,而有公羊之各种推测;话言经流传之后,不能了解,而有"丧欲速贫死欲速朽"之直接解释,成了"非君子之言",须待有若为之说明原委(此节出《檀弓》,然与《论语》"礼与其奢也宁俭丧与其易也宁戚"应有关系)。这正因《春秋》之著于竹帛,作用等于殷人之刻事于骨片之上,《论语》之记录方法,等于子张之书所闻于绅,绅上是写不出长篇大论的。若我们因为看到《论语》甚简,以为当时话言便如此简,是错误的:第一,语言本不能如此简,简到无头无尾,不知所指。第二,孟子生去孔子时不及二百年,孟子的话已经有那样的鱼龙曼衍,二百年中,并无民族的变化,语言决不会有这样大的剧烈变化。所以战国的文书之繁,当是由于文书工具必有新开展,竹帛刀漆之用比以前贱得多,所以可以把话语充分的写下。若春秋时,除去王公典诰之外,是不能享受这种利益的。最初的文书因受物质的限制而从简,这种文书为后人诵习之故,使得后人的文言中竟模仿这一种的简法,于是早年物质的限制,及非标音之性质,竟成了影响后人文法的大力量。试看《尚书》中比较可信的几篇,语法甚复杂,战国时专记语言的子家，语言也很漫长(如《庄子》中数篇及《孟子》等)，只有从荀卿子起，才以诵习诗书经传成文章，汉儒更甚，荀卿汉儒的文章在语法上是单简得多了。这岂不是古来因受各种限制而成的文书上之简词，影响到后人，变为制作的模范呢？虽直接所影响的本来不过是文言，然文言散入一般语言内之一种趋势，随时都有，于是这个影响以这样的间接作用而更散入一般语言中，成为一种使语成简之力量。汉字虽和汉语是两事，然汉字之作用影响到汉语，有如这样子的(如《论语》"君君、臣臣、父父、子子"上一词是动词，下一词是名词。又如《荀子》"信信信也"，第一字是动词，第二字是名词，第三字是容词而为"指言"(Predicate)之用，如果当时人说话便把这三个字读成一样，恐怕没有人懂。然书写上既无分别，后来至少在文言中见其合同的影响)。

　　如上所说的，我们已经可以看到，中国文学和中国文字的关系甚少，虽有不过是间接的，而和中国语言竟可说是一事。虽有时觉得文自文而言自言，但这究竟是矇在上层的现象。文学的生命即是语言的生命，若文学脱离语言而求生命，所得尽多是一个生存而已。我们既推到这一层，则语言中有几种要分别的事件，为作文学定义之前提，应先叙说一下：一、方言；二、阶级语；三、标准语；四、文言；五、古文。

　　语言永远在变动之中，儿女学父母到底学不全像，而口和喉又有甚多个细密而极复杂连贯着的筋肉，可以助成一套一套层出不穷的"物质习惯"。又因环境的不同，及人类处理环境之手段有进步，各族的语言都有趋于表面简易，内涵充丰之形势，而这形势所由表示者却不同路，所以百年之内，千

第三章 泛论

里之间，一个语言可以流成好些方语。语言永远是分化的，只靠交通、政治、教育来抵抗这个自然趋势罢了。语言自己先不能成刻板样的，再加上古往今来，各民族离而合，合而离。亲属隔远了，弄到彼此不了解，至于两个民族的接触或混合尤其容易使语言作深远的改变。若不有这几层事实，世上哪有若许多语言？在一族中，今之所谓不同之语，在本来也仅是方言之差别而已。方言之别与语言之别本没有严整的界限，我们现在解释方言如此：一种语言循地理的分配表示差别者，而这样差别使人感觉到语言或名词系统上颇不相同，各为一体，然并非独立太甚者，则这些不同的一体皆是方言。这不是一个新观念，扬子云之所谓方言大略亦只如此。语言之变不仅因地，亦且因人，从人类有政治的历史以来，直到现在，把苏俄算在内，永远是阶级的社会，虽然东风压倒西风，或者西风压倒东风，古今中外颇不是一个公式，不过永远有在上层者，有在下层者。现在寻常指摘人的话没道理，便说：那是"下等人的话"，其意若曰，上等人的话自另一样。又如"乡下人的话"、"买卖话"、"洋泾浜话"、"流氓话"，乃至那个又像郑重又觉好笑的"官话"一个名词，都显然表示语言因人之阶级而不同，我们自己说的话断然和我们不同职业的邻人不同。譬如，我们和一个人谈上一刻钟，差不多要知道他的职业之类别了，这都是显然指示语言因阶级而生差别的。有个西洋人说，男人的话和女人的话家家不同，这固是象征主义的说法，然男子的话朴直些，女子的话感情的成分多些，是颇显明的(看 Jespersen 所著 Language)。又就文学史的史实说，何以词的话和诗的话不同？挪诗中话做词，或挪词中话做诗，何以均不算合规则？欧阳永叔、苏子瞻等在诗里和在词里何以不说一种话？这正因为诗里的话，是诗人奉之于先，持之于己的话，词在原始是当年歌妓的话。欧阳永叔、苏东坡做起诗来，是自己，做起词来，每每免不了学歌妓的话，或者是对歌妓说的话。语言既因人之阶级而不同，则不同阶级的人聚在一块儿说话。何以折衷呢？于是自然有一种标准语的要求。这种标准语也许即是一种纯粹的方言，并是一个阶级中话，如所谓"京话"，即是北京的方言，又差不多是北京的中上流社会所说者。也许并不是纯粹的方言，又不是一个特殊阶级的话，而是一种就某某方言混合起来，就某某阶级打通起来的话，如德国现在所谓"受过教育的德意志话"，既非维也纳，又非柏林，更不能是撒克森、西南方等，只是以文学与教育的力量，造成的一种标准语：舞台的话，教书匠的话，朝廷的话，拿来以为凭借而生者。虽然，这种标准语也自高地德意志方言出，当年且"不下庶人"。不过现在已经看不出他的方言性，并且不甚看得出他的阶级性了。制造标准语之原动力，第一是政治，朝廷的话永易成为标准话。不过若一个国中统治者与被统治者异族，而统治者之族文化低，人数又少，则统治者难免以被征服者之话为朝廷话，所以中国的"官话"，虽是满清皇帝也用这话，究竟是明朝北方的汉话，不是满洲话，只有太平洪天王才以"启示"知道满洲人造了"官话"（见他的诏书）。或者一个朝廷太不和人民接近，则造朝廷的话也不能成为标准话，清后叶赫那拉氏和李莲英的话何尝有影响在宫外呢？但是，虽有上几项之限制，统治者阶级的话，总是易成标准话之根据的，所以今之普通话，在当年叫做官话。第二是宗教，如罗马教于拉丁语，喇嘛教于吐蕃语，竟把他们的标准语加到异族身上。第三是教育，教育匠的话容易成为标准话者，正因为这。例如中国各地的语音,均有话音和读音的不同,在西南各方言中,话音甚和官话不同者,读音每每较近。正因为话音是在一个方言中之直接传授,读音乃是受多数教书匠出产地的方音之影响的(如我家乡[山东西部]读无字,如 wu,读未字如 wei,在说话里如 mu,未如 mie,犹未随明、微二母之分,于古尚为接近。在比较纯正的"官话"区域中尚如此,其他可知)。近年来南洋的中国学校儿童能说普通话,正是此层的例证。第四是文章,漂亮的社会中所说的话,时髦的人们所说的话,容易引起人的摹仿,尤其在年少的人中,所以戏剧的话,在法、德、英等国均有重大的影响,吴语中上海、苏州两个方言所有之名词,也能四布,从清朝末年,吴语即有势力了。标准语之创造者,不仅是社会的力量,也每每是个体文人之功绩。人们通常知道摩李耶对近代法国语言如何重大贡献,十八世纪晚年几个德国大作者如何形成次一世纪的德国话,斯盆沙、莎士比亚等如何完成艺术的英国语。大诗人、大剧家、大著作者,不把语言化得不成了语言,而把语言化得既富且美,既有细度,又有大力,当时人和后人免不了把这些华表作为典型。于是个人的话,成为标准话了。

　　标准话还纯然是口中流露的话,再进一层,成为一种加了些人工的话(即是已经不是自然话),乃有所谓文言者。此处所谓文言即如德国人所谓 Kunstsprache, Kunstprosa(然此处所论自当不以无韵文为限)即是文饰之言,亦即和《易翼》中所谓"文言"一个名词的意思差不多,并非古文,这是要预先声明的。一个民族有了两三百年的文学发生,总有文言发生,一面是文饰之言,一面又是著作之文,如谭摩斯登诺斯之希腊语演说,而塞路之拉丁语演说,并不是雅典和罗马的普通话,或标准语,而是他们造作的文言。

这些都是拿来说的，所以文言还是言，然而不是纯粹的言，自然的言，而是有组织的言了。又若罗马大将军恺撒东征凯旋入罗马，告元老及众人说 Veni, Vedi, Veci "我往矣，我见之，我克之"三言既属双声，又是叠韵，这和齐梁间有人嫌床小，说："官家恨狭，更广八分"，连用叠韵，有甚么分别？自然流露的话不会这样子的！大凡际准语之趋为文言，由于三项要求：一、音声之和谐，所以散文里有了韵文的规律，韵文里更极端用声调的布置。《诗经》的词语本不是甚修整的，然日照丁以此发现其中很多细密双声叠韵及他样音声的和谐，诗歌本有这个自然要求的。又若沈修文对于诗要求的四声八病，并非古文的要求，乃是文言的要求。二、形式之整齐。字的数目要多少相当，不能长短差别太支离了，又不能完全一般长以成单调，而又要有些对仗，以为层层叠叠的作用，若有音乐然。三、词句之有选择。文言不是肯把一切话语都拿来用的，而要选择着以合于作者自己的"雅正"。这当选择不必是用成语，虽然在中国因为诵书为文之故，有这个要求，而在欧洲之文言中，每每恰和这个要求相反，把成语和俚语一体洗刷的。第四、文辞的铺张和文饰。在自然语言中所不能下的这些工夫，在这里边因为艺术化之重，可得发展，使人们觉得文自是文，话自是话者正因为这层。这个文和话分别的感觉，在西洋近代各大国都有的，他们和中国所差者，只缘中国文中的铺张和文饰是承汉赋骈文的统绪，范围甚狭，而又把这个狭的范围做到极度罢了。统括以上所说的四层，我们可以说：由标准语进为文言，浅的地方只是整齐化，较深的地方便有同于诗歌化者，诗歌正是从一般话语中最早出来最先成就的一种艺术，一种文言。

语言变到文言还不止,还有古文一层。古文和文言的分别如下:文言虽文,到底还是言,所以人们可以拿文言作讲话的资料。西塞路、恺撒、齐梁间人(如上举例)、李密对窦建德的话(窦建德对李云"与论相杀事,奈何作书语耶?")、近代萨笼中的善知识、善男人、善女子、好把话语中说成格调语(Epigrams)者,一切等等。然而古文的生命只在文书及金石刻上,虽有时也有以古文讲话的,如罗马加特力教的神父以拉丁语讲话,但这样的话实在不是和一般话语同作用的话,所以这事并不能破这例。西洋的古文每是别国古代的语言,经不少的流变而成者,亚西里亚的古文是苏末语,腊丁文自嘉洛林朝而后渐渐成所谓"腐败拉丁",这样拉丁恰是中世纪以来学者公用之古文,若把西塞路、恺撒唤活来,不懂得这是什么话。又如蒙古的古文是吐蕃经典语,而这语又是造作来翻译梵经的一种文言。因为中国语言的寿命极长,在所谓禹迹九州之内,三千年中,并没有语言的代换,所以中国古文在来源上仍是先代的文言,并非异国的殊语。然而自扬子云以来,依经典一线下来之文章变化,已经离了文言的地步而入古文了。

以上泛说这五个重要名词的分别,以下单说中国语言文学中这五件不同的事。方言和阶级语是不用举例的,方言和阶级语可以为文学的工具,并且已经屡屡为文学的工具,也是不待说的。至于标准语进而为文言,文言的流变枯竭了而成古文,要循时代的次叙去说明白。中国语最早写成文字,现在尚可得而见者,有殷刻文,金刻文,有《尚书》。殷刻文至多举一事之目,不能据以推到丰长的话言。《尚书》中之殷盘尚有问题,若《周诰》则多数可信,《周诰》最难懂,不是因为他格外的文,恰恰反面,《周诰》中或者含有甚高之白话成分。又不必一定因为他是格外的古,《周颂》有一部分比《周诰》后不了很多,竟比较容易懂些了,乃是因为春秋战国以来演进成的文言,一直经秦汉传下来的,不大和《尚书》接气,故后人自少诵习春秋战国以来书者,感觉这个前段之在外。《周诰》既是当时的话言之较有文饰者,也应是当时宗周上级社会的标准语,照理《诗经》中的《雅》、《颂》,应当和他没有大分别,然而颇不然者,固然也许西周的诗流传到东周时字句有通俗化的变迁,不过《周诰》、《周诗》看来大约不在一个方言系统中,《周诰》或者仍是周人初叶的话言,《周诗》之中已用成周列国的通话(宗周成周有别,宗周谓周室旧都,成周谓新营之洛邑,此分别春秋战国时尚清楚)。为这些问题,现在只可虚设这个假定,论定应待详细研究之后。"诗三百篇"最早者大约是在康昭之世(《周颂》之一部分和《大雅》之一部分),最迟者到春秋中世,虽《诗经》的语法,大体上自成一系统(其中方言差异当然不免),并不和后来的《论语》、《国语》等全同,但《诗经》和《论语》、《国语》间似乎不有大界限。《论语》中引语称《诗》很多,举《书》颇少,虽说诗书皆是言,究竟有些差别。《诗》在儒家教育中之分量,自孔子时已比《书》大得多了,这也许是使《书》的辞语更和春秋战国的标准话言相违的。春秋末战国初,始见私人著述,现在可得见之最早者,有《论语》,有《国语》。(《左传》在内,其分出是在西汉末的事,此问题大体可从"今文"说。详论《国语》节中)。《论语》称曾参曰曾子,大约成书在孔子死后数十年。《国语》称毕万之后必大(今已割入所谓《左传》中),记事下至智伯之灭,又于晋国特详,大约是魏文侯时人,集诸国之语而成之一书,故曰《国语》

(说详后)。这两部书的语言,我们对之竟不佶屈聱牙了。虽然《论语》里还许保存些古式,或方语式的语法,如吾我尔汝之别(《庄子》亦有此别),但大体上究无异于战国的著述中语言。虽然《国语》中(合《左传》言)也保存了些参差和孤立语质,但《国语》既与战国末著作无大不相通之处,且又已经是很发达的文言了。继这两部书而后者,如《庄子》中若干可信之篇,如《孟子》,凡是记言之篇,略去小差别不论,大体是一种话。这时节出来的书策,无论是书简中语,如乐毅报燕惠王书,鲁仲连遗燕将书,或是简策上著录的口说,如苏秦、张仪、范雎等人的话言,也和《国语》、《论语》及记言的子家,是一系。战国晚年,有了不记言而著作的子家,文言的趋势因不记言而抽象的著作之故,更盛了,但究竟还和战国初年著作在言语上是一绪的。这样看来,在春秋战国时,中国黄河流域的语言,西括三晋,东包鲁卫,南乃影响到楚北鄙,中间招着周、郑、陈、宋,已成一个大同,必有一种标准语,为当时朝廷大夫、士所通用,列国行人所共守,而著于书策上的恰不免是这一种标准语,于是文言凭借这标准语而发达。《国语》、《老子》固是文语发达之甚者,一切子家也都带些文语的气息,可于他们的文辞之整齐、修饰、铺张上看出。中国的经传多属这个时代,所以这时代著文时所用之语言竟成了后代当作仪型的传统语,是不能见怪的。现在把这段意思分为下列几个设定(Hypothesis),盼诸君读书时留意其证据或反证:

一、《周诰》中所用的话,在春秋战国著书中语言所承之系统之外。

二、"诗三百"篇中的话言,如《国风》,大体上自应是当时的俗话;如《小雅》,大体上自应是当时的官话;如《鲁颂》、《商颂》及《大雅》

的大部分，自应是当时的制作中标准点，已渐有文语之趋势。把这些略去支节而论，并无大别于战国初年以来著书者。

三、春秋战国时，各国都有方言，但列国间却有标准语，这个标准语中哪国的方言占成分多，现在无可考了。儒是鲁国人的职业，孔子弟子及七十子后学者散在四方设教，或者因这层关系鲁国的方言加入这个里面者不少，也未可知。

四、《国语》是很修饰了的文言，《论语》不至这样，但语法之整齐处也不免是做过一层工夫的。至于战国子家以及《战国策》所著录的书辞，和说辞，都是据标准语而成之文言。其中文言的工夫也有浅深的不同，如《孟子》整齐铺张，犹甚近于言，《战国策》比较文些了，《荀子》更文，这都不能是纯粹的口语，因为在他的文辞中看出曼衍雕琢来。

五、为什么战国时的著述都是艺术语(Knnstprosa)而不是纯粹的口语呢？这因为古来的文书，除去政府语诰只是记话言，书写之作用只是做一种传达及遗留的"介物"外，凡涉及文书者，不论国家的辞令或个人的述作，都有"言之而文"的要求，所以在述作开端之时，即带进了艺术化，"文言"正可解作"话言的艺术化"。

六、且不止此，春秋时大夫的口语调及国际间的词令，也有"文"的倾向。如《论语》，"诵'诗三百'……使于四方，不能专对，虽多，亦奚以为"，"不学诗无以言"。《左传》僖二十三，"子犯曰：吾不如衰之文也，请使衰从。……公子赋河水，公赋六月"。这些地方，都可看出当时在口辞也要文饰的，至于写下的必更甚。《论语》"为命，裨谌草创之，世叔讨论之，行人子羽修饰之，东里子产润色之"，这竟成了佳话。而屈原以娴于辞令之故，议号令，对诸侯。所以在《左传》、《战国策》上所载各种的应对之辞，书使之章，有那样的"文"气，虽不免是后来编书者整齐之，然当时话言固已"文"甚。然则在这风气中，诸子百家开始著作，所写者必是一种艺术化了的语言，又何可怪？

七、汉初年的词令仍是《战国策》中调头，上书者和李斯没有什么分别，作赋者和楚词齐讽不能不算一气。且西汉方言之分配仍可略以战国时国名为标（见《方言》），而西汉风土仍以战国为分（见《汉书·地理志》）。邹阳之本为战国人者，可不待说。即如贾谊、枚乘，战国气之重，非常明显；虽至司马长卿，文辞仍是楚词之扩张体；至司马子长，著作还不是《战国策》、《楚汉春秋》一线下来的么？这些仍然都是文言，都不是古文，因为他们在文词上的扩张，仍是自己把语言为艺术化的扩张而已，并不是以学为文，以古人之言为言。即如司马长卿的赋，排比言词，列举物实，真不算少了。虽多是当代的名物，引经据典处真正太少了。这样的文词，并不曾失去口语中的生命，虽然已不能说是白话（汉赋中双声叠韵联绵词皆是语的作用，不是文的作用，又长卿用屈宋语已多，但屈宋去长卿时仅及百年，不为用古）。

八、自昭宣后，王子渊、刘子政、谷子云的文章，无论所美在笔札，所创作在颂箴，都是以用典为风采，引书为富赡。依陈言以开新辞，遵典型而成己体。从此话言和文辞断然的分为两途，言自言，文自文。从这时期以下的著作我们标做"古文"，古文没有话的生命。此说详见第三篇《扬雄章》中。

第三节　论语言之变迁与文学之变迁

假如语言起了重大的变化，会不会文学随着起重大的变化呢？

自然会的。且就目前的形势而论，近年来白话文学之要求，或曰国语文学之要求，实在因为近数百年北方话中起了重大的变化，音素剧烈的减少，把些原来绝不同音的字变做同音了，于是乎语言中不得不以复词代单词了，而汉语之为单音语之地位也就根本动摇了。这么一来，近代语已不能保存古代语法之简净 (Elegance) 而由传统以来之文言，遂若超乎语言之外，则白话的文学不得不代文言的文学以兴，无非是响应语言的改变。若语言不变化到这么大，恐怕人们以爱简净 (Elegance) 和爱承受的富有之心，决不会舍了传统所用既简净又丰富的工具。文学与语言之距离，既要越近越好，即是不如此要求，也免不了时时接近，偏偏语言变化得如此，对于遗物遂有不得不割爱之势。若不是语言有这么大的变化，恐怕现在的白话文学也不过是唐宋人词的样子，词单而质素丰富的话，读出来能懂，又为什么不用它呢？说所谓官话的人，感觉国语文的要求最大，因为官话和中世纪话太远了，粤语之变并不如此远，或者说粤语的人感觉这种需要也不如北方人之甚。"若是大家可以拿着《广韵》的音说话，文言即是白话，用不着更有国语的文学"。（赵元任先生谈）

假如文学起了变化，会不会影响到语言，文学变影响语言只是一种"文化的影响"，这个影响是较浅的。文学凭借语言，不是语言凭借文学，所以语言大变，文学免不了大变，文学大变，语言不必大变。

第四节　成文的文学和不成文的文学

假如我们只看中国的文学史，免不了去想文学自然是文明的出产品，民族有了文字以后才有了文学的要求，愈演愈富，皆是借文明的进步供给他资料、感觉、方式和主率力的。又假如我们去看埃及、巴比伦一带地方早年文学的发生，也免不了觉得文学之生出于有了文字以后，先凭文字为工具，为记载，为符信，而后渐渐有艺术的文辞从官家文章巫师文章中出来。那么，我们或者要作一个结论，去说，文学是文明的出产品了。然而假如我们把范围推广些看，看几个印度、日耳曼民族的早年文学，这样子就全两样了。印度最早的文辞是维代诗歌，那时节白印度人尚在迁徙游牧时代，未曾有文字。这些东西虽然宗教性很大，却已是成熟而有动荡力的文学。希腊见存文学开始于荷马的两篇歌诗，都是有文字以前的口中作品，写下来是后来的事，这两篇诗永远是欧洲文学的一个至大宝藏，每一次的好翻译总发生一段影响。又看北欧民族在中世纪的样子，他们带着好些从东北，从伊斯兰岛，从极北的芬兰，从中欧洲的树林，乃至从莱茵河两岸，出来的无限神话和故事拼合起来的长诗，野蛮供给他们这些文学，文明在当年即是基督教，却只供给他一部经，而摧灭这些文学。又看中世纪的欧洲文明尚不曾感化了野蛮人时，各地的新来入寇的北狄和本地人合起来出好些侠歌，南至伊大利、西班牙、法兰西，一律作这些义侠情爱的诗篇，基督教在当年即是文明的代名词，并管不了他们什么。甚至后到十七八世纪所出产的《风歌》(Ballad)，还不都是早年野气的遗留吗？史诗固因文明演进早已下世，这些《风歌》也随科学商业共和民主国而亡了，且这现象不仅限于诗歌，即如小说，像当西侯特那样题目，近代当然也没了。再下一世论，十八九世纪之交出来一个所谓浪漫运动，这个运动至少在德国可以清清楚楚看出来是要求返于文明以前的感觉的。甚至到了十九世纪之中年，中世野诗《矮子歌》(Nibelungenlied)仍给黑伯儿(Friedrich Hebbel)、易卜生(Henrik Ibsen)、瓦歌纳(Richard Wagner)一个新动荡。这样看来，岂不是大文学反是野蛮时代感觉的出产品，随文明而消失他的大力吗？上面两个相反的现象，实在靠着一个民族自己发明文字与否而差别。自己发明文字的民族最初只用那文字当实用的工具，不曾用他当作书写文学的材料，到了文字之用可以被波及记录文学时，早年"野蛮"时代的真文学已经亡了。而印度、希腊、北欧民族是向先进民族借来文字的，待借来的文字用到记录这些先于文字的文学时，这些文学还不曾全散失。《周书》、《周颂》之前中国总应有些神话故事歌词，后来随文明而湮灭，这是自己发明文字者之吃亏处。

　　这样看来，文字之施用不是文学发生的一个必要条件，前乎文字固有大文学，当有文字的期间一切民歌故事也都在民间为不成文的文学。

　　且不止此。文字发明以后，反而给大力量的文学一种打击，使得他离去人们对于文学最自然的要求，而给文学若干的桎梏，使他作畸形发展。诚然，若没有文字的发明，把口中的文学变做纸上的文学，若干文体是不可能的，若干文体虽可能而也不能充分发展的，文学的技术不能有我们现在所见的那样细密的，文学的各种作用不若有我们现在所得的那样周到的，但也不至于失去语言之自然，性情之要求，精灵之动荡，一切人们之所共觉，而徇于这些小小精巧，那些小小把戏。文字固曾给文学一个富足，然也曾向文学取去些实质，算起账来，是得是失尚不易作为定论。那么我们若说文字发明是世间文学史上一个不幸事，虽像矛盾，或者过度，也或还成一调罢！

那些前于文字的"野蛮"文学究竟有些什么好处？这本是些主观的事，各人的欣赏原不同，但在这里也不妨说我的几句主观话。文化只增社会的复杂，不多增加社会的质实。一个民族蕴积它的潜力每在享受高等的物质文化之先，因为一个民族在不曾享受高等的物质文化时，单简的社会的组织，即是保留它的自然和精力的，既一旦享受文化之赐，看来像是上天，实在是用他早岁储蓄下的本钱而已。中国的四邻和中国接触无不享受文化，结果无不吃亏，只有日本人不曾吃了不救的亏，或者因为日本人到底未曾为中国化入骨髓。日耳曼人和罗马人接触，便吃了一个大亏，突厥人和东罗马人接触更吃了一个大亏。一个新民族，一旦震于文化之威，每每一蹶不振。若文化只能化了它的外表，而它的骨肉还能保存了早它年的"野蛮"，然后这个民族必光大。凡事皆然，文学其一。在不文时的文学中，力胜于智，重胜于巧，直胜于曲，质胜于表，斗力者人道之厚，斗智者世道之薄，重而直者可为刚大，巧而曲者难有后世。人情不以文不文分，则不文时之文学固犹是这个人情，粗细却以文不文分，则既文时之文学固然以细而失其直，以妙而失其壮，职业的文人造作上些不自然的物事，乃以微妙(此语系译英语之 Subtleties)布置之，完成之，而说这是深远，这是精练。这样至多可以为《哈母烈》(Hamlet)，固可以为《佛斯特》(Faust)，而不可以为荷马的两大歌诗和北欧各族的史诗。

这些初年文学中，人情本真，而有话直说，铺排若夸，而大力排荡，以神话为灵，以不文之人性为质，以若不自然者为自然，人生之起伏扬落固已备，世间之波荡离合固已显，若要说道理，说本义，便直说出来，如早年基督教画图。这已是大文学，又何取乎清谈客室（译"沙龙"一词）中之妙语，精妙小小的舞台上之巧技，以成其全？犹之乎建筑金字塔者，不取乎塔影以成建筑术之美，制和乐者，不模仿一切物之声以成音乐家之备。若在文学成统，文人成业，文章成法，"文心"成巧之后，所增加者总多是些诡情曲意，细工妙技。刻工细者每失一物之轮廓，绘画细者，每遗一像之神采，其能在后来繁杂精工的技术大海中摆脱了不相干，依旧振作不文前之意气，不拘束于后来之樊笼者，即是天才，即是大作家。然则不特不文前之文学是真文学，即文后之文学还不免时时返于故地，以为精神，其能在文了的文学中保持不失不文时的意气者，乃有最大排荡力。文学进化不是等于建筑上天之台，一往的后来居上，乃是时时要从平地盖新屋，这平地还须最好是天然的土田，如果在一片瓦砾古迹之上，是没有法子打地基的。

那些在已"文明"了的社会中之不成文的文学有些什么好处？这又是个主观的事，各人的欣赏原不同，但我也就此说几句主观的话。小儿在母亲和奶妈手中，最欢喜听神话鬼话，稍大些，最欢喜父母长者讲故事。更长则自己探奇闻去了。教育他的，强以例如陆士衡文、李义山诗一流的东西给他欣赏，恐怕大多数人在这样情景之下是永远格格不入的，很少的"可儿"渐渐上了这一套，所谓雅正的欣赏乃开始了，其实这真是戕贼杞柳以为桮棬，他们在先的好听神话故事奇闻乃是真的文学要求，无名的诗人和艺术家，十口相传，供给这个要求,以存于一切古文、今文的压迫之下。文学不离众人,则文学不失众人之伦,文学用于赤子,则文学不失其赤子之心。原来欧洲的文学界也不留意这些东西的,及前世纪之中,哥里母兄弟始集德国一带的家庭和小儿故事,从此各国效仿,在俄东所得的尤多且可宝,丹麦人安得生又自造些小儿故事,继之者不止一方面。如果文人要卖弄聪明的话,何不择这样的地域去制作。

中国古代必不少绝好的神话故事,但现在多半只可凭《天问》、《山海经》知道些人名、地名和题目而已,其中的内容久已不见,如鲧禹故事,地平天成,正是中国的创世纪,今则有录无书,多么可惜!

至于民间故事童话,尚有很多可搜集者。搜集固是大业,若能就故题目作新创作,也是佳事。现在的文风每是描写中国人的劣根性,或是摹仿西洋人的恶习气,有能付给那些固有的神话故事题目一个新生命,付给那些尚在民间的童话俗语一个新运动者吗?我醒着睡着都找它!

十七年十一月

第五节 文人的职业

有歌曲必有歌者,有绘画必有画师,有文学必有文人,歌者,画者,文人,以及一切的艺术家,虽他自己要表达客观的境界,要说"实在"的话,但总是他自己的境界,他自己的话,这都是一个无量数方面的。物理学者虽然只有一个境界,而诗人和艺术家则因自身和环境互相反应之错综,有无量数之境界。惟一的然后是客观,多方面的必定由主观。所以谈一种文学,便等于谈该一种文人,拿《文苑传》当作文学史看,未尝不是,只是历来的文苑传都是依最形式的方法写的,正不能借此看出这些文人的实在罢了。

一个文人的成分是无限东西凑合的,以前的祖祖宗宗好些零碎,同时的东西南北又好些零碎。姑且约略来说,第一,他是个人;第二,他是个当时的人;第三,他是个在职业中的人。第一,文可不必谈,因为太普泛了。但我们还要提醒一句,因为文人是人,所以文学中最大的动荡力是情爱和虚荣心了;第二,我们在下一节中商量;第三,正是我们在这一节中说的。

文人的职业是因地有些不同的。譬如中国历代的文人大多数是官吏,西洋近代的文人,好些个不过是个国王或贵族的清客相公,而大多竟是优倡或江湖客而已。他们的职业成就他们的文学。十七八世纪的文学是贵族养他,近百年中是社会养他,所以十七八世纪的书籍,每每致于贵族,最近的书每每致于他的妻和友。又如唐诗和宋诗,真正不是一样的风格,也不是一样的题目。中晚唐的诗人,除韩、白几个人以外,都是枢臣节使的掾史或清客,所以所做的诗无论是藻饰的或抒情的，自咏的或赠给人的，每每带着些书记翩翩的样子，现出些华贵的环境，露一点逢场俯仰的情绪。在这个情景中，我们显然看出当时的文人不是贵族社会的自身，而是在贵族式的社会中作客。风气先已如此了，便是真的贵族，做起文辞来，便也不免是这个样子了。所以唐诗在大体上说去是说客人的话，为别人作诗的话（杜少陵大体不这样，然李太白却不免）。到宋朝便没有诸侯式的方镇了，便没有食客做了，文人多要去做皇帝的官了，做官比做客在当时实在独立得多，自由得多，所以用不着说话给府主听，只由着自己的性儿，说自己的话好了。文人自成一个社会，在这社会里文人是主人。所以像山谷、后山，那类的诗，那类文人社会中的诗，绝难出现于中晚唐时府主的社会中，所以宋诗在大体上说是说主人的话，作自己的诗。举这一个例，以概括其他无数的例。

在中国，古往今来文人的职业大略有四种：一、史掾；二、清客；三、退隐；四、江湖客。

中国文学的开头是官的。这句话仿佛像答晋惠帝的傻问，但，文学确有官的、有私的。中国的典册高文，例如箴、铭、颂、赞、符、命、碑、志等，是官的，西洋的荷马等是私的，近代的文学尤其是私的。官文不必即是当官者之言，只是一经沿袭一个官文的来源，便成一个官文的质实，所以历来所谓大手笔者，所做多是些官文，这些人有的也不过是布衣的。官文的来源起于史掾，这个名词本不很好，但一时想不出更好的来。经典时代所谓史之一职，与八代所谓掾之一职，合起来以概后世，故用这个名词。经典时代中所谓史，八代所谓掾，皆是给人做书记的。史掾的文辞，在原始上不过是工具的文辞，不能说是艺术的文辞，但公文有时也很有艺术性，特别在中国文学史中这个情形尤其显著。不特六朝的大文多是官文或半官文，即开中国文学史的《尚书》、《雅》、《颂》又都是官文。史掾的职业是执笔的臣仆，这个情形在最早的记载上已经看得很清楚，周代金文刻辞中常有下列一个公式："王立中庭，呼史某册命某为某官。王若曰。"所以史掾说的话是别人的话，他的作用不过是修饰润色而已。因为这样的职业是如此，所以这样的文章在最时不过是"如黄祖之腹中，在本初之弦上"（汪中《吊马守贞文》）。这个职业在汉武帝以后尤大发达，枚乘司马相如的时代，文人的职业还只是清客，不是史掾；（司马长卿曾为郎官使蜀，然还是清客的浪漫把戏，到王褒乃是个有秩位的官）。到王褒、谷永，文学改宗古典一派，而职业已不是客而是官；赋（此处但就京都一类之赋言）、诔、碑（私文而官气者）、论（此处但就符命一类之论言之，如"剧秦美新"，"王命"等）、颂、赞、箴、铭等等体裁，都是在这个时候始发达官的文学，扬子云正是古典文学的大成就，同时也是官气文章的十足发达，《剧秦美新》之论，《十二牧》之箴，可以为例。东汉一代的文学，除诗乐府（民间文学）及史书（工具文学）以外，几乎皆是这一类的文，而文人也是在上则为列大夫，在下则举孝廉，辟郎官，直到蔡邕便是这一线的最高点。魏晋六朝大手笔固然多是些国家的典制，即到了排除八代以归秦汉之韩文公手中，如《平淮西碑》之"点窜《尧典》、《舜典》字，涂改《清庙》、《生民》诗"者，看看这个大文中之衣冠礼乐气象思路，又何尝不是官样文辞呢？不过散文谈官话究竟没有骈文谈官话之便当，坏事说成好事，寻常事说得有风度，所以诏令制诰永远是以骈文行之。直到了骈文的创造性早已消失之后，骈文中官文之一部尚能有花样可翻，如宋之四六，正是好例。而宋代的散文，得有骈文包办了官文去，自身还可免说官话，较自由些，故差有新生命了（其实宋代散文之进展依科举者甚大，这虽然也是一种官文，而与做史掾之官文不同）。

文人的第二种职业是清客。清客也是在王庭或诸侯卿相乃至富家士族之家中供奉的。但史掾与清客有个大不同处，史掾是用自己的本领做别人的工具，清客是把自己的艺术供别人之欣赏，所以同样是个做奴才，史掾表达的是别人，清客表达的还是自己，史掾是僚属，清客仍不失其为客人，史掾是些官，清客还不失其为艺术或方术之士。

战国时，梁朝稷下的那些先生们，大约都是些清客，其中固有专以方术见长的，也有特别以文辞见长的，例如邹衍、淳于髡。到汉朝则梁朝与淮南朝的清客最多，果然楚词的好尚就在这个环境中成就，歌辩的体制就在这个环境中演进。司马长卿、东方曼倩在汉武朝中也只是清客，不能算做官，虽然不免于"主上所戏弄优倡所畜"，但究竟比执笔说官说的人可以多多自显性灵些。中国文学的好多缺陷，每每由于文学大多不自清客或江湖客来，这是比起近代欧洲来相形见绌的。本来清客只靠诸侯及世家贵族来蓄养，专制帝王的朝廷是比较难容较有自由的艺术家的，即使容许，一个朝廷也养不了许许多，且一个朝廷更难得有两样的风气，而艺术风气统一了，每每即是艺术的死症。

文人的第三种营生是退隐，退隐虽不是"职"，却在甚多文人身上已经成了一种"业"，这一业与业官实在是一件事情的两面，进则为官，退则归隐，归隐仍是士大夫的身分。自然,隐居的人们也不全是一类,虽大多是退到林泉的,然也有退到林泉竟真归农的,也有是一生布衣未出过茅庐的。中国文学中其发达的山林文学自然是这些人们成就的,这些山林文学的意境有的很是宁静的,有的很是激昂的,真隐士多是真激昂的,因为真的隐遁,非"带性负气"不可,这是朱文公说对了陶渊明的话,假的隐遁也可以认识些山林中的性灵,例如杜子美误认做高人的王摩诘之在辋川。

在中国,山林文学之发达和帝政很有关系,因为有这样的帝政,然后官多,然后退位的官多,然后官家子弟之在林下田间,可以凭借基业以欣赏文学者多,然后对于世务起了反感而深藏遗世者多,一统的帝政时代,清客之少,隐逸之多,当是一个原因;封建制度之下,正是相反的。

文人的第四种生活是做江湖客。江湖上的诗人文人,自古以来是很多的,只是因他们的文辞多上不了统治阶级之台面,所以我们不感觉着这些人的存在。虽时时代代多有这样的作者,而世过代迁每每留不下多少踪迹。敦煌石室卷子中给我们好些李陵、苏武的故事和诗歌,而不告诉我们以他们的作者;又给我们好多唐代的小说,汉土的佛曲,都不知作者。宋人的平话杂剧,亦不知作者;元明以来的长篇小说很多不知作者,我们所见近代的一切民间文学亦不知作者。这些东西中,自然也有些是好事的官们,清闲的绅士们作的,然大多总当是在江湖上吃闲、卖艺、说书、唱故事的人们所作的。这些众人中真有艺术家,因为只有他们乃是和倡优——这都是艺术家——同列的,乃不是士大夫,他们曾经以众人的力量创造了好些大文体,如楚辞、五言、七言、词、曲、杂剧、传奇、弹词、章回小说(详论在本书《文体之演化》一章中)。

又出产了好些有力量的文辞,例如"古诗十九首",所谓苏李诗、东汉乐府、唐人无名氏的词,以及直到近代一切通俗文学中的佳作。

其实上述四类也都互有出入,我们不能指每一文人单独的属于某一类。这样四种生活的交错,有个对称的样子,做官和做隐士原来只是一件事的两面,都是士大夫阶级,分别只在一进一退而已。做清客和做江湖客也只是一种营生的高低,都是方技的职业,分别只在一有府主而在上,一无府主而在下而已。做官和做清客又有相同处,便是他们都在上层。做隐士和做江湖客也有相同处,便是他们都在民间。这很像一个四角形的关系。

我并不想把这一部讲义写成一个唯物史观的文学史,且我反对这样无聊的时髦办法,但在讨论许多文学史的问题时,若忘他的物质方面的凭借,是不能辟入的。

因文人的职业之不同,故文人的作品有的为人,有的为己,有的为多,有的为少,职业是在客位者为人,在主位者为己,在上层社会者为少,在下层社会者为多。文人和其他人一样,焉能自脱于他在社会中所处的地位呢?

文学因时代的不同,每每即是文人的地位因时代的不同。在了解很多文学史题上,这个观点很重要,现在姑举一个例,即上文已经提出过的唐诗、宋诗不同之一事。

自从五言诗成诗体正宗的时候——建安——算起,文人的地位多数是在朝做侍从供奉,在外作一薄宦或靠府主为生的。他们虽不全是这样,然多数是这样。这个情形,到了唐朝更甚,唐代的社会是贵族的社会,唐代的政治是在门阀手中的。中唐以来,地方割据的势力分了中朝的政权,各节度使又每成一个小朝廷，能养清客。这时候的书生，自是书生，不像宋朝人可以随便以天下事自任。这时候的书生正多出身清门的，然而与统治阶级每不是一事。他们所处的社会是华贵的社会，而他们正多是在这样的华贵社会中做客。譬如李白、杜甫的时代，主人自是杨家兄弟姊妹，及其环境中人乃外至严武等等，李白只是中朝的客，杜甫只是节度使的客。中晚唐诗人的客人生活尤其表显这情形，直经五代不会改，因此之故，唐代诗人除杜、韩几个大家而外，都是为这件事实所范围的。经五代之乱，世族社会扫地以尽，到了北宋以后，文人每以射策登朝，致身将相，所以文风从此一变，直陈其事，求以理胜者多，诗风从此一变，以做散文的手段做诗，而直说自己的话。这个转移，庆历间已显然，至元祐而大成就。以前读书人和统治者并非一事，现在差不多是一类了，以前的诗人寄居在别人的社会中，现在可以过自己的生活了。以前诗人说话要投别人的兴趣，现在可以直说自己的话了，总而言之，以前的诗多是文饰其外，现在的诗可以发挥其中了。以前是客，现在是主了。社会组织之变迁影响及于文人的生活，文人的生活影响及于文章之风气。诚然，最大家每每有超越时代的形迹，如韩昌黎的诗，在他当时是独立的，反而下与宋诗成一线，又如陆放翁的诗，在他当时是能高举的，反而与唐诗联一气，然而大多数诗人总是完全受时代之支配，依环境以创作者，即此第一等之最大诗人，一经深者，仍不脱离其时代，不过占得最在前耳。世人每以为庆历以降之变唐风，由于范欧诸公之提倡，王苏诸人之继作，然若北宋中世文人的生活依旧如唐时，这提倡正未必能成立，即成立也不得发展绵长，自然不至于依旧局促于西昆诸体，然仍当是凭唐人之遗绪，在个外范中一层一层翻些花样而已,大前提是变动不了的,数百年之绪是不能一下子转的,如欧阳公之《明妃曲》者是做不出来的。下边对举温飞卿、黄鲁直诗各一首,以为这一节所说的意思之形容,我们不说这两首诗可以分别代表晚唐、盛宋,然把这两首诗对着看一下,看看他们的身世之不同主或客,出词之不同内或外,境界之不同文或质,意态之不同清或醇,则时代之异,环境之别,再显然不过。

温飞卿《过陈琳墓》:

曾于青史见遗文,今日飘蓬过此坟。词客有灵应识我,霸才无主始怜君。石麟埋没藏春草,铜雀荒凉对暮云。莫怪临风信惆怅,欲将书剑学从军。

黄鲁直《池口风雨留三日》:

孤城三日风吹雨,小市人家只菜蔬。水远川长双属玉,身闲心苦一春锄。翁从旁舍来收网,我适临渊不羡鱼。俯仰之间已陈迹,蓬窗归了读残书。

宋朝庆历以来诗虽不接唐人,而宋朝的词反接唐人,唐人诗中的体质、情感、言语,到了北宋盛时不传入诗,反而转入词,这件事实我们几乎可以在一切北宋大家中看出的。这为什么,这因为宋诗人做词时的环境转与唐人做诗时的环境偶似,这便是说,在华贵的社会中作客。北宋的诗人作词还多是替歌妓做的,试着学说歌妓的话。南宋的词人做词便渐渐替自己做了,称心去说自己的话。唐诗人的环境同于倡。宋诗人的地位近于儒。北宋人制辞多是临时的解放,因而最富风趣,不说自己的职业话,而去代歌者表她自己的世界。即如欧阳公,在诗中是大发议论的老儒,在辞中香艳得温、李比不上,岂不以欧阳公当时在词在诗之社会的身分各不同,所以诗和词不像一个人的话吗?

第四章　史料论略

文学史仅仅是通史之一枝，况且谈论文学史中题目，时时免不了牵涉到通史中别枝的事，已如我在《叙语》中所说，则我们现在说到史料问题，自然应从泛论史料之一般起。使用史料时第一要注意的事，是我们但要问某种史料给我们多少知识，这知识有多少可信，一件史料的价值便以这一层为断，此外断断不可把我们的主观价值论放进去。譬如我们论到古代的史事，六艺和载籍和一切金骨刻文等等，都要"一视同仁"的去理会他们，如果抱着"载籍极博犹考信于文艺"的观念，至多可以做到一个崔述，断断乎做不到一个近代史学者。金刻文的一字可以证《大诰》宁王之为文王，骨甲刻文的一字可以辩《史记》王振之为王亥，实在"后来居上"，何曾"于古为近是"。我们有时借重古人的某说，多半由于他们能见到我们已经见不到的材料，并不由于我们相信他们能用我们的方法，因此我们才要"一视同仁"，谁也不能做"大信"（欧阳修不信文王称王事，曾说"孔子之书，天下之大信也"，其实能细读《诗经》即不能更信事殷之说）。我们既不可以从传统的权威，又不可以随遗传的好尚。假使一个桐城派的古文家写文学史，或一个文选学家写诗史，必然千部一腔，千篇一面，都是他们自己欣赏的东西，而于民间文学体制之演成，各级文学作品所寄意之差异，等等题中，所用之材料，不会去搜寻，即遇着也不会睬的。以这样方法所写成的文学史，也许在聪明人

第四章 史料论略

手中可以自辩着自负他的好尚之雅正，但究不是公正的使用材料而造成之史学的研究。总而言之，"别裁伪体亲风雅"，断断乎不是对付史料的态度。

史料可以大致分做两类：一、直接的史料；二、间接的史料。凡是未经中间人手修改或省略或转写的，是直接的史料；凡是已经中间人手修改或省略或转写的，是间接的史料。《周书》是间接的材料，《毛公鼎》则是直接的；《世本》是间接的材料（今已佚），卜辞则是直接的；《明史》是间接的材料，明档案则是直接的，以此类推。有些间接的材料和直接的差不多，例如《史记》所记秦刻石；有些便和直接的材料成极端的相反，例如《左传》、《国语》中所载的那些语来语去。自然，直接的材料是比较最可信的，间接材料因转手的缘故容易被人更改或加减，但有时某一种直接的材料也许是孤立的，是例外的，而有时间接的材料反是前人精密归纳直接材料而得的，这个都不能一概论断，要随时随地的分别着看。整理史料是件很不容易的事，历史学家本领之高低全在这一处上决定。后人想在前人工作上增高：第一，要能得到并且能利用的人不曾见或不曾用的材料；第二，要比前人有更细密更确切的分辨力。近年能利用新材料兼能通用细密的综合与分析者，有王国维先生的著作，其中甚多可为从事研究者之模范；至于专利用已有的间接材料，而亦可以推陈出新找到许多很有关系的事实者，则为顾颉刚先生之《古史辨》诸文（多半尚未刊印）。这些都可以指示人们如何运用已有的史料和新见的史料。

古代文学史所用的材料是最难整理最难用的，因为材料的真伪很难断定，大多是些聚讼的问题。原来中国人之好做假书——就是制造假材料——是历代不断的，若大家认为最多出产假书的时期，由汉到今约四个：一、西汉末年，即所谓古文学；二、魏晋间；三、北宋的盛时，政府收书；四、明朝晚年，学士又有一番托古的习尚。就这四种去论，明朝的作伪是不能欺任何人的，北宋的作伪也没有大关系(如今本《竹书》、《文中子》等)，魏晋间作伪的大成绩如《伪孔尚书》、《孔子家语》，已经为人辨别清楚的了；西汉末年的大作伪，也有近代所谓今文学家一派人的辩论，康有为的《新学伪经考》，就是这一辨伪题目中之大成，虽然其中过了度，太粗疏的地方很多，但这件事实的大概可知道。不过六经以外载籍诸子等等的考证，分析材料的考证，从来甚少；即如庄子、墨子等常读的书，至今没有整理好，而西汉时传下的一切经传的材料(今文的)至今尚很少人做工夫。经传里边明明有许多是汉朝的成分，如《孝经》中所说的天子诸侯都是汉家的天子诸侯，都不是周王和春秋战国间的诸侯。(说详后。今举一例，《孝经·诸侯章》云："在上不骄，高而不危；制节谨度，满而不溢。高而不危，所以长守贵；满而不溢，所以常守富。"此种观念至早不能上于汉文帝。春秋战国诸侯之地位不能引出此种议论。)《论语》中有类似谶纬的话(如"凤鸟不至，河不出图，吾已矣夫！")，《易》和《三家诗》仅是汉初的写定本(三家诗文已与《论语》所引不同)，而《公羊传》之著竹帛，反较《春秋繁露》后几年，伏生二十八篇以《秦誓》为尾，想是由于伏生做过秦博士。今文的经传既然给我们些汉朝初年的色彩，至于大小戴记之大多部分为汉儒做作的，更不待说了。在这样情形之下，我们如不把这些汉代的空气分别清楚，便不能使用这些材料去写周代的文学史。

近年来有一个极不好的风气，大家好谈先秦的事物，所谓先秦的书原不多，易于读完，所以大家下笔，先秦这个，先秦那个。但我们敢自信这些所谓先秦的材料果真是先秦的材料吗？我们何不看看这些材料是怎么样出来的呢？

一种书因时代而生变改，在后来印书时代较难，在中世手抄本时代尚易，在简书时代，"父子相传"即可改易，至于口传许久后来再著竹帛之容易变动，更不待细论即明白(其实韵文之口传甚能保守古语，如《鄂谟长歌》、《维陀》皆然。然《公羊传》一类之口传，则难能保守也)。所以虽是汉初年给我们的先秦材料，我们也要于用他时谨慎的。古来著书艰难，一简不过几十字，一部书便是一个产业，虽以"惠施多方，其书五车"，如用现在的印刷法印成，未必便是一部大书。著述愈难，则著述和传授更多是有所为而为，"与时进止"是不可免的，固守最初面目是难的。

中国何时才有著作呢？无论今文或古文都告我们说，著作开始是很早的，但我们从文书材料上看来，西周只有官书和迷信书(《易爻》)流传，《论语》以前，不见有私家记言的文，而《论语》也但记一段语的扼要处，如标目摘由样，也很可看出私家多多书写之不容易。若《孟子》一流的书已很充畅丰长的了，但仍然是记言，且许多是后来追记。只到荀卿、吕不韦、韩非，才整篇的著作，系统的著作《史记》上有明文。但这风气方才开始，焚书的劫运就来了。那么，焚书于书失传上是很有贡献的吗？不过我们要知道，战国秦汉人们的书和他们的职业是一事的；阴阳、刑、名、纵横乃至儒、墨，都是家传师授的职业，焚书未必使书绝，而秦之摈退方士(方士本是一普遍名词，治方术者，皆是方士，后来遂为齐东一派所专用)。楚汉战争，和汉初年黄老儒术之递相消长，是真真使一切学者(即方士)失业的。书以人之失业而失传，家(今云派)以人之失业而亡家。古代的载籍消失必是秦汉之际一直下来渐渐成的，断非秦始皇帝能突然使他大亡特亡(《列国纪》已不传民间，自然可以焚的方法亡之)。对于这一点，古文今文是最不同的。在今文浸润的汉武帝诏书上，只能说到"礼坏乐崩朕甚闵焉"，古文家便于其上加上一句"书缺简脱"以便自己的议论。虽然古文家时时故意把汉初年书亡缺事说得淋漓尽致，以便售自己的假古董，而今文家自信一孔之为大全，也太陋了，甚至愚到说伏生二十八篇比二十八宿，后得《大誓》如拱北辰，多一篇不可，少一篇不能。"向壁虚造"的态度固不可，而"挟恐见破之私意"亦不应该，古文智而诬，今文愚而陋。我们将来要一部一部的把今文传经整理过，一以阎氏对付梅传之考定法对付之，等到可信者显然可信，存疑者存疑，然后可以大胆的用这些材料，以讨论文学史题。

现在我们断不定秦汉之际古代文学史的材料亡佚多少，但我们看得出古史料中，有甚多，经秦而秦文，入汉而作汉语。汉儒以秦文写六经，是为古文派所甚诟病的。诚然，以转译的缘故，使得古字错认了(如"文王"之误为"宁王")，是于解经上有很大危险的，更可促成"信口说而背传记，是末师而非往古"的毛病，不过这层于我们应用这些做史料上没有甚么很大关系。至于号称古代材料中有些汉朝话，乃真正要不得。不幸事实偏如此，不特经解是汉朝人的思想(如三家《诗》、《公羊》、《春秋》)，《戴记》多少篇后人坚信为春秋晚年战国时期的，实在一望即知其是汉朝作品(详见《论汉儒林篇》)，即《论语》、《孝经》也有不少汉朝话，伏生书中之《虞夏商书》恐怕大多数是战国作品，《大传》固是为这样子的书作的，这样子的书也未

第四章 史料论略

始不是为《大传》前身的思想作的。我们现在所据的古代史的材料（文学史自括在内）是汉初儒者给我们的，而汉初儒者又这样的不济，古今辨不清白，遗传的和自己的不分别，即今未存作伪的目的，学问的不济已经足以坏事而有余。略举两事，司马迁谓学者（汉初传文献给我们的学者）多谓周公东都洛邑（见《周本记赞》），而在《五帝本纪》上说"学者多称五帝尚矣"，是则当时的"学者"，于宗周成周不知何所别指，于东周西周不知何所取义，而于五帝之荒唐，谈得津津。这是配传史料的人吗？汉文命博士集古制，遂有了《王制》，这本书把方块的想像和迂腐拼得整齐，其愚和其存史料之少，反比更后百年作伪的《周官》不如。近代今文学派以汉初为正，其实汉初儒家何曾高明到哪里去，尤其缺乏的是历史观念，是很敢于自作古始，反去说是述而不作的。总而言之，汉初儒者不是能够做到正确的传史料的人：我们要去考核他们，不能便去依赖他们。

汉初儒者（他们并不自号曰今文，"今文"一词乃是后来自号为古文者加他们的）真正弄不出多少作为来。一经分了好几家，一家分立好几博士，相攻不休，谁都不能为正。这全然显出末学支离的样子，给人一个不满足。儒者的大题目，特别是中人主嗜好的，如礼、乐、封禅等等，都不能做统一的决定。末师无学，几乎文义不能通顺，而又以师传拒更正。又加上些时代的迷信，愈趋愈向产生纬书的一路走：有这么多的毛病，哪得不起反动？武昭以来立的博士多得很，有人能传一家经传便是子子孙孙的饭碗，一经博士可以数家并立，一家博士可以数人并立。上头鼓动人作伪，下头鼓动人分化。所以略受公羊家传者，便可造谷梁；略受三家《诗》任何之一者，便可造毛氏；其始无非去泰去甚，有时以平庸正文字，以谨慎去些"非常异义可怪之论"（汉儒的论时代话）。今文入了膏肓，使人生异途的思想，政府续设博士，使人启利禄的愿心，这焉得不出别派的经学？所以不必到了刘歆那宗有大力量的人之手中，《尚书》已经屡屡闹着出新样，天子诸侯卿大夫之"汉家"礼制，已经愈出愈多，又自己说比后苍为愈，"鲁国申公赵国贯公胶东庸生"自是些应时的产物。

刘歆有思想，有材料（与父向同校秘藏）有地位（自据秘藏），遂集合当时的零碎小反动，成一大反动，有终有始，有本有末，并且续了《史记》，这是乱了武帝时经学面目之最好记载。古文自比今文合理性些，或者这反动是思想上的进步，至少也是别开生面，但于史料学上却更添若干的蒙障，紊乱了许多史事，添入了许多自己的理想，损坏淆混了许多历史材料。尤其可恨的是把一部完全和齐鲁儒学（汉初儒学尽自齐鲁）不相干的晋人著作（《国语》），一部最好的史料，割裂得体无完肤。多少古代史料，遭汉儒之愚，和新儒之伪，弄得一塌糊涂。在未整理之前，我们没有权利去用他们！

譬如我们现在论列狭义的先秦文学，最重要的自然是《诗经》、《国语》（《左传》算在内）、《楚辞》三部书。就这三部书论。《诗》只传毛本，并武帝时三家的面目亦不见；《国语》弄得七错八乱，一部绝好的古代史料白白糟蹋，一部纯粹的记传说的文学弄得割裂添补到无从复原的地步；而《楚辞》乃并不是《汉志》著录的样子，而是王逸章句本，是更后的了。我们要用先秦的材料，而这些先秦的材料是汉人转手送给我们的；偏偏这些汉人又不客观，以他们的主意去取、整齐、添补，更文字，造章句。我们若不先看看这

第四章 史料论略

层遮蔽的云有多深，能即用这些材料吗？但经传还是幸运的，因为汉儒注意这些，所以我们于史中见他们的辩论，还可以略知当时的面目，到于诸子载籍，现在所见，至早是由西汉末年《天禄石渠》校书定本出，校书者的意见、嗜好、判断，乃至作伪，便是这些书的命运。且随便举几个例，刘向叙他所校《战国策》书录曰：

所校中《战国策》书，中书余卷错乱相糅莒，又有国别者八篇少不足。臣向因国别者略以时次之，分别不以序者以相补，除复重，得三十三篇。本字多误脱为半字，以"赵"为"有"，以"齐"为"立"，如此字者多。中书本号或曰国策，或曰国事，或曰短长，或曰事语，或曰长书，或曰修书。臣向以为战国时游士辅所用之国，为之策谋，宜为《战国策》。

后来的一个编辑者对于原材料难得有这么大的权利。又如《墨子》分上中下三篇者，显然是三个不同之本，《天禄石渠》校书人分裂为三篇；《墨子》前七篇那样杂糅儒家、道家思想，且竟有"寡不敌其所长，故曰太盛难守也"一类与墨家思想恰恰相反的话，还不是校书者故意编造的吗？荀子之编定自然也出自《天禄石渠》：《劝学篇》亦见于《戴记》，不知究竟是何时作的，何人作的。至于《庄子》现存本成立更后了，是向秀郭象的定本，篇数和《汉志》都不合，其中竟有"六经"、"西方圣人"等名词，显然是很后的了，而《齐物论》是慎到、田骈的书，大家日日读《天下篇》而不察觉。秦汉之际，方术家言不绝，并无所谓"古代哲学中绝"一件事，这可于《史记》、《汉书》上见出。当时甚多人传授这学传授那学：墨家在汉文时还是显学，武帝所罢黜之百家多是战国方术之绩，所以现存子家材料哪些是周，哪些是汉，甚为难定，黄老刑名一流书中，即如《韩非子》，也是一部总集。我们在未审定这些材料之时代以先，是不能自由使用的！

材料在汉朝经了改变，还有一个原因，即是注家的贡献。家学以陋而错认文字或误写，通学以泛而独断乃居上。刻石经、作笺注，都是可把后来的意见为断的。姑举一例，郑康成以古《论语》改鲁《论语》，古《论语》或是一段"向壁虚造"的故事，自然也有以常识修正其文字之处，不过有些改得太迁就自己的趋向了，便损坏了史料。且举《经典释文》所著录改处如下：

《学而篇》：传不习乎？郑注云：　　鲁读传为专，今从古。

《公冶长篇》：崔子　　　　　　　　鲁读崔为高，今从古。

《述而篇》：吾未尝无诲焉。　　　　鲁读为悔字，今从古。

又：五十以学易。　　　　　　　　　鲁读易为亦，今从古。

又：正唯弟子不能学也。　　　　　　鲁读正为诚，今从古。

又：君子坦荡荡。　　　　　　　　　鲁读坦荡为坦汤，今从古。

《子罕篇》：冕衣裳者。郑本作弁，云：鲁读弁为绝，今从古，《乡党篇》亦然。

《乡党篇》：下如授。　　　　　　　鲁读下为趋，今从古。

又：瓜祭。　　　　　　　　　　　　鲁读瓜为必，今从古。

又：乡人傩。　　　　　　　　　　　鲁读为献，今从古。

又：君赐生。　　　　　　　　　　　鲁读生为牲，今从古。

又：车中不内顾。　　　　　　　　　鲁读车中内顾，今从古也。

《先进篇》：仍旧贯。　　　　　　　鲁读仍为仁，今从古。

又：咏而归。郑本作馈，馈酒食也。　　鲁读馈为归，今从古。

《颜渊篇》：片言可以折狱者。　　鲁读折为制，今从古。

《卫灵公篇》：好行小慧。　　鲁读慧为惠，今从古。

《季氏篇》：谓之躁。　　鲁读躁为傲，今从古。

《阳货篇》：归孔子豚。郑本作馈，　　鲁读为归，今从古。

又：古之矜也廉。　　鲁读廉为贬，今从古。

又：天何言哉！　　鲁读天为夫，今从古。

又：恶果敢而窒者。　　鲁读窒为室，今从古。

《微子篇》：已而已而，今之从政者殆而！鲁读期斯已矣，今之从政者殆。今从古。

《尧曰篇》：孔子曰：不知命，无以为君子也。鲁论无此章，今从古（以上出《经典释文》）。

这样子的校改，其中自然有些不过是文字的变异，但也有几节竟关系思想制度，而"加我数年"一节，竟是大作伪的改字；若是没有《经典释文》给我们留下一个"校勘记"，我们竟很难对付孔子赞《易》那件事。虽然《周易》出来很后，孟荀及战国子家、汉初儒者均不及见，而《论语》上这一句话，兼者《史记》的窜入文，若不是我们现在尚有这个痕迹可求，便又成一段不决的疑案。

我们现在对于古代的文籍，只能见到一个附注而行的本子，这注家便是章句之定订者，文字异同之独断者。我们于《诗》于《礼》只有郑，于《论语》，只有何（郑本已残），于《山海经》只有刘校郭注，于庄子只有向郭注本，如此类推，至多不过《天禄石渠》所校文，不幸乃多是汉末魏晋的定本。在这样"文献不足"的情景之下，切切不可以据孤证而发长篇议论，因为后来若果发现一个刻文，或旁证，可以使一个很美的推阐，全幅落地。尤其不可望风捉影，于史料残缺的空隙中补上了许多。

现在人好谈古东西，因为古代存书少，读遍不难，所以觉得容易，但我们正因为存书少，书中更有无限数的问题，读明白了极难，所以觉得谈古代东西最难。现代人对于先秦的文献大略可分为三个态度：一种人信一切材料，以为都是真的，都要用的，我们借呼这类为"墨守"。又一种人据虚无的事实，作放荡的空论，先秦这个，先秦那个，一片的捕风捉影之谈，这是病入了膏肓的。还有些较好的，能辨别古文之伪，但也不知今文只是前些，也不便是信史的材料；或者于辨别史料上也很能不拘成说，但究不敢充分的考正，这样好比废疾。我们应该于史料赋给者之外，一点不多说，史料赋给者以内，一点不少说，不受任何传说观念的拘束，只求证，不言疏，这样然后可以"起废疾，箴膏肓，发墨守！"

十六年十一月

第五章　论伏生所传书二十八篇之成分

六经问题之难决者，无过于《尚书》。《春秋》一经现在尚可见三传之文；《诗》虽仅存毛学，然三家异文尚遗留不少，且三家之解说虽不同，章句实无大异。最不得头绪者算是《尚书》了。但就汉代论，《诗》、《论语》、《老子》在文帝时立博士，《春秋》在景帝时立博士，《书》在建元间始立欧阳一家之博士（以上分见《史记》、《汉书》两《儒林传》，及刘歆上太常博士书），曾不多时，便闹《大誓》，闹所谓孔安国所献河间献王所好之孔子壁中书，又有张霸之百两篇，杜林之漆书，闹个不休。东晋梅氏书行世之后，直到明清人始认清楚其为伪书（疑东晋古文者，应以朱子为始，孔颖达亦略表示怀疑之态度）更牵连到王肃。今所见之本子不特不是西汉今文，且并不是马郑，且并不是梅氏原文字，且并不是隶古定本，而是唐开成之石本。今虽有敦煌写本残卷使我们上溯到隶古定本，又有汉魏石经残字使我们略见今古文原来面目之一勺，有毛公鼎等使我们略知册诰之体式，有若干彝器款识使我们校订《尚书》中若干文字，然如但顾持此区区可得之材料，以解决《尚书》问题之大部分，颇为不可能之事。本文但以分解伏生二十八篇之组成为题，其实这个题目也是极大的，现在只写下其一部而已。

所谓伏生二十八篇者，究竟是否全是伏生所传，或与伏生所传小有异同，今不易断定，然此二十八篇，合以《大誓》，总可说是汉朝景武时代《尚书》

面目，所以现在可以这二十八篇为对象去分析之。此二十八篇去孔子时所见书之面目已远，在这一点上是与《诗》大不同的。《诗》之称"三百"在孔墨时已成习语，而《论语》所引《诗》大致与今所见差不多；若《书》，则《论语》所引除不相干之《尧曰篇》以外，"高宗亮阴"见于《无逸》，而"孝于惟孝"不见今存二十八篇中。又《左传》一书所用之材料甚博，他所引书颇可代表当时(即春秋战国之交)流行之《尚书》，《左传》引《诗》几乎全与今所见之三百篇合，其所引《书》除《盘庚》、《康诰》等以外，几乎全在今所见二十八篇之外(参看附表)。从此可知三百篇之大体至少在孔子前后一时代中已略成定形，而《书》之篇章各时代不同，且恐春秋战国时各国中所流传之《书》亦皆不同。《左传》之引《书》已证明如此，《吕氏春秋》之引《书》亦证明如此，《吕氏春秋》所引除《洪范》外，几皆不在二十八篇之内。

此二十八篇不能当作一个系统看。不特宋儒多如此说，即文章家如扬子云、韩昌黎等亦都有这个观念。《虞夏书》之"浑浑"，《殷盘》、《周诰》之"诘屈聱牙"，显然不是在一类中的。朱子能以东晋梅赜书之号称古文反易了解断其可疑，乃不能以《尧典》、《禹贡》之号称《虞夏书》，反比《周诰》的文辞近乎后代断其可疑，正由于时代环境所限，不可澈底的想下去。东晋古文辨伪之工作早已完成于阎、惠二君之手，当今所宜究治者，为此二十八篇究是何事。

今写此二十八篇之目如下并试为分类。

《尧典》　　　　　　一、周诰　　　　　《大诰》

《皋陶谟》　　　　　　　　《康诰》

《禹贡》　　　　　　　　　《酒诰》

《甘誓》　　　　　　　　　《梓材》

《汤誓》　　　　　　　　　《召诰》

《盘庚》　　　　　　　　　《洛诰》

《高宗肜日》　　　　　　　《多士》

《西伯戡黎》　　　　　　　《无逸》

《微子》　　　　　　　　　《君奭》

《牧誓》　　　　　　　　　《多方》

《洪范》　　　　　　　　　《立政》

《金縢》　　　　　　　　　《顾命》(《康王之诰》)

《大诰》　　　　　　　　　附《文侯之命》

《康诰》　　二、鲁书　　　《金縢》

《酒诰》　　　　　　　　　《费誓》

《梓材》　　三、宋述商书　《盘庚》

《召诰》　　　　　　　　　《高宗肜日》

《洛诰》　　　　　　　　　《西伯戡黎》

《多士》　　　　　　　　　《微子》

《无逸》　　四、外国书　　《吕刑》

《君奭》　　　　　　　　　《秦誓》

《多方》　　五、三誓　　　《甘誓》

《立政》　　　　　　　　　　　《汤誓》

《顾命》(康王之诰)　　　　　　《牧誓》

《费誓》　　　六、东周述古所作之典书

《吕刑》　　　　　　　　　　　《禹贡》

《文侯之命》　　　　　　　　　《洪范》

《秦誓》　　　七、所谓虞夏书

　　　　　　　　　　　　　　　《尧典》

　　　　　　　　　　　　　　　《皋陶谟》

上旧传之篇　第上试分之次序

一、《周诰》类：如上所表，第一类为《周诰》，自《大诰》至于《顾命》，合以《文侯之命》，凡十三篇。此正所谓"诘屈聱牙"之文辞。文式语法皆为一贯，此真一部《尚书》之精华，最为信史材料。我们现在读这几篇，其中全不可解者甚多(曲解不算)，不能句读者不少，其可解可句读者不特不见得"诘屈聱牙"，反而觉得文辞炳朗，有雍容的态度，有对仗的文辞，甚且有时有韵，然则今日之不能尽读者，与其谓当时文辞拙陋，或谓土话太多，毋宁归之于文字因篆隶之变而致误，因传写之多而生谬，因初年章句家之无识而错简，淆乱，皆成误解。且彼时语法今多不解，彼时字义也和东周不全同，今人之不解，犹是语学上之困难也。即如《大诰》中，"宁人"、"宁王"之"宁"字，本是"文"字，乃以误认篆文而误，以致《大诰》本为文王殁

第五章 论伏生所传书二十八篇之成分

武王即位东征之诰者,遂以此字之误,解作周公成王之书。吴大澂曰:

《书·文侯之命》,"追孝于前文人。"《诗·江汉》,"告于文人。"毛传云,"文人,文德之人也。"潍县陈寿卿编修介祺所藏兮仲钟云,"其用追孝于皇考已伯,用侃喜前文人。"《积古斋钟鼎彝器款识·追敦》云,"用追孝于前文人。"知"前文人"三字为周时习见语,乃大诰误文为宁,曰:"予曷其不于前宁人图功攸终,"曰:"予曷其不于前宁人,攸受休毕"曰:"天亦惟休于前宁人,"曰:"率宁人有指疆土。""前宁人"实"前文人"之误,盖因古文文字,从心者,或作☒,或作☒,或又作☒☒。壁中古文《大诰篇》,其文字必与宁字相似,汉儒遂误释为宁。其实《大诰》乃武王伐殷大诰天下之文,"宁王"即"文王","宁考"即"文考","民献有十夫"即武王之"乱臣十人"也。"宁王遗我大宝龟,"郑注,"受命曰宁王",此不得其解而强为之说也。既以"宁考"为武王,遂以《大诰》为成王之诰,不见古器,不识真古文,安知宁字为文之误哉?

虽传《大诰》为周公相成王时之诰,今乃以宁字之校定,更生此篇之时代问题,此问题今虽未能遽定,然《周诰》若干篇中待金文之助,重作校定工夫,可借此启示。阮芸台诸人每每强以《诗》、《书》中成句释金文,今当以金文中字句订《诗》、《书》之误字也。自《大诰》以下至于《顾命》十二篇,皆武王(或成王)或康王时物,除《无逸》稍有若经后人润色之处外,此十二篇文法上在一个系统中。《文侯之命》一篇虽也可以放在这一类中作附庸,然文体词义皆与此十二篇不是一类,疑是战国时出土或流传忘其来源之彝器铭辞,解者按其词气以晋文侯仇当之(书序)或以文公重耳当之(《史记》），其归之晋者，或出土在晋地（然此不足证此篇为晋物，鲁取郜大鼎于宋一事，可以为证），而平王东迁及襄王奔郑正合于所谓"闵予小子嗣，造（遭）天丕愆，殄资泽于下民，侵戎我国家"。惟此篇开头便说"父义和"，文侯仇不闻字义和。王引之曰：

古天子于诸侯无称字者。《唐诰》、《酒诰》、《梓材》三篇"王若曰：小子封"，"王曰：封"，定四年《左传》引《蔡仲命书》云，"王曰胡"，又引《践土之盟载书》云，"王若曰：晋重、鲁申、卫武、蔡甲午、郑捷、齐潘、宋王臣、莒期、皆称其名，其他则称伯父、伯舅、叔父、叔舅而已，未有称字者也。或以义为字，或以义和为字，并当阙疑"。（《经义述闻》卷二十三）

此篇全无记事之上下文，除篇末无"对扬王休用作宝彝"，一套外，全是一篇彝器铭词之体，其文辞内容又绝与师訇敦、毛公鼎同，然则渊源当亦不二致。宋代出师訇敦，清代出毛公鼎，汉时山川多出鼎彝（见《说文》序），则战国时当有此样出土之先例，果"文侯之命"出土地为晋，则当时发读文字者，自然依文中所说之情景想到翼侯仇或绛侯重耳矣。

此若干篇《周诰》在当时是如何出来的，可以《左传》定四年所记祝佗语为证：

昔武王克商，成王定之。……分鲁公以殷民六族……命以"伯禽"而封于少皞之虚。分康叔以……殷民七族……命以"康诰"而封于殷虚。……分唐叔以……阙巩，沽洗，怀姓九宗……命以"唐诰"而封于夏虚。

今《伯禽》、《唐诰》两篇皆不见（《伯禽》为篇名从刘焯说），而《康诰》

犹存。然则《康诰》正是派康叔到殷故都卫地以建国时之教令,给他的一个"政治工作大纲"。其《酒诰》等篇虽或不如《康诰》之重要,也是同样的教令。这样的教令至少在王之册府与受诏诸侯之册府中都要保存的,或者以其重要之故分布给其他诸侯,而受此诰者容或铸于彝器上。周朝彝器上铸文章是较普遍的。《左传》记子产铸刑书,散氏盘记割地的条约,曶鼎记讼事,小盂鼎记俘获,其他记争战来享,记礼仪之彝器,尤不可胜数,然则不特《康诰》等可得镂于彝器上,《大诰》、《顾命》一类赴告之文,亦未尝不可镂以垂记念。且此项诰语竟成为周代贵族社会中之教科书,《楚语》记下列一事:

庄王使士亹傅太子箴辞。……王卒使傅之。问于申叔时,叔时曰:"教之春秋,而为之耸善而抑恶焉,以戒劝其心;教之世,而为之昭明德而废幽昏焉,以休惧其动;教之诗,而为之道广显德,以耀明其志;教之礼,使知上下之则;教之乐,以疏其秽而镇其浮;教之令,使访物官;教之语,使明其德,而知先生之务用明德于民也;教之故志,使知废兴者而戒惧焉;教之训典,使知族类行比义焉。"

所谓《春秋》、《诗》、《礼》、《乐》可不待解,世即后世所谓《世本》,语即《国语》一类之文书,所谓令所谓训典当即《诰书》之类。熟知掌故以为出辞从政之具,是春秋时之风气,可于《左传》中明白看出。我们比较一下,则对于《周诰》诸篇,不特可以想到他如何出来,寄托于如何之物质上,且可知其缘何流传于后来也。

说到这里,或者要问,《周诰》的文辞是周王说话的本质呢,还是史官修饰了的文词?我们可以直率回答,《周诰》中的话,虽然不全是一篇一篇的官样文章，然而史官的贡献也很不少了。试以《文侯之命》，毛公鼎、师訇敦、比较一下，看此项文字竟有定式，试读《周诰》各篇中的文辞，其可解者每是很有修辞力量的文辞，而称今道古，像有一个历史哲学，威仪棣棣，丁咛周至，不是一个直截的态度。在当时的统治者都是战士焉能说这样文学的话？且当时的文学本是一种专门之业，所以王如用到文字，总须"呼史某册命"，"朱批上谕"是做不了的。今抄《康诰》、《召诰》、《无逸》各一段，以见所谓美术散文进化至此时之地步，此地步去吐辞茫昧之时代已远得很了！

《康诰》一节：

王若曰：孟侯，朕其弟小子封，惟乃丕显考文王，克明德慎罚，不敢侮鳏寡，庸庸，祗祗，威威，显民，用肇造我区夏。越我一二邦，以修我西土，惟时怙冒，闻于上帝。帝休，天乃大命文王，殪戎殷。诞受厥命。越厥邦厥民惟时叙。乃寡兄勖。肆汝小子封。在兹东土。王曰：呜呼！封。汝念哉！今民将在祗遹乃文考。绍闻衣德言。往敷求于殷先哲王。用保乂民。汝丕远。惟商耇成人。宅心知训。别求闻由古先哲王。用康保民。弘于天。若德裕乃身不废在王命。

《召诰》一节：

我不可不监于有夏，亦不可不监于有殷。我不敢知曰：有夏服天命，惟有历年。我不敢知曰：不其延惟不敬厥德，乃早坠厥命？我不敢知曰：有殷受天命，惟有历年。我不敢知曰，不其延惟不敬厥德，乃早坠厥命？今王嗣受厥命，我亦惟兹二国命嗣若功，王乃初服。呜呼！若生子，罔不在厥初生。

《无逸》一节：

第五章 论伏生所传书二十八篇之成分

周公曰：呜呼！我闻曰：昔在殷王中宗，严恭寅畏，天命自度，治民祗惧，不敢荒宁。肆中宗之享国七十有五年。其在高宗时旧劳于外，爰暨小人，作其即位，乃或亮阴，三年不言，其惟不言，言乃雍。不敢荒宁，嘉靖殷邦，至于小大，无时，或怨。肆高宗之享国五十有九年。其在祖甲，不义惟王，旧为小人，作其即位爰知小人之依，能保惠于庶民，不敢侮鳏寡。肆祖甲之享国三十有三年。自时厥后，立王生则逸，生则逸，不知稼穑之艰难，不闻小人之劳，惟耽乐之从。自时厥后亦罔或克寿，或十年，或七八年，或五六年，或四三年。

第二类是鲁书。这一类中有两篇，一、《金縢》；二、《费誓》。相传为伯禽伐淮夷之誓，其文近于《周诰》而无深义。《金縢》一篇必不是与《大诰》、《康诰》等有同样价值者，此篇文体全与《周诰》不类。《顾命》一篇中虽陈丧礼，但仍以赴告之辞结束之，《金縢》乃全是一篇故事，篇中周公祝词尚近于《周诰》，其"武王既丧"以下竟像东周的文辞。这一篇当是后人根据相传的故事及话言拼凑成的。《鲁书》一类可以说是《周诰》的附庸。

第三类是宋述商书。此一类中，《西伯戡黎》及《微子》二篇之可以呼作《宋书》，当是无问题的，此是宋人记其由来之档案。至于《盘庚》及《高宗肜日》，以年代论，比《周诰》早得多，以文辞论，反比《周诰》较易通解，然这两篇都不类春秋的文辞。又商末至少有两次的大乱。一、纣亡时；二、武庚亡时。经这样大乱，册府是完整不了的。清朝人不为明朝人保存档案，周朝人更决无为商朝人保存史料之理。宋以丧亡之后，小休之时，根据传训，写成典书，是事实之最可能者。惟其传说有自，所以不像后来的文辞，惟其追记在后，所以稍有近后的语句。此一说虽无证据，然如此假定，一时也找不到与此矛盾的证据。

以上三类，除《无逸》一篇或者稍经后人之润色，《金縢》一篇大有可疑之外，都是绝好的史料，与彝器铭辞相发明。今尚存之《逸周书》中，虽《世俘》、《作雒》等篇，其史料的价值，亦下此一等也。

第四类是外国书，这一类中有《吕刑》、《秦誓》两篇。《吕刑》相传为周穆王作，这话全不可通。《周诰》的排场是很清楚的，周王诰语所及之人，"越在外服，侯田男卫邦伯，越在内服，百僚庶尹"，而《吕刑》一篇诰语所及之人，则是"伯父伯兄仲叔季弟幼子童孙皆听朕言"，这乃是一个部落的族长，哪里是诸侯的共王？且《周诰》中的用事，述祖德则"丕显文武"，引鉴戒则殷人夏后，《吕刑》里边，既无宗周成周之典，又无三代兴亡之事，而是三苗、重黎、伯夷、皇帝，遥遥与《楚语》中所载南方之神话相应。且《吕刑》开头说："惟吕命王，享国百年，耄荒，度作刑以诰四方。"而《史记》曰："甫侯言于王。"郑玄曰："吕侯受王命入为三公。"此皆不得其义而强解之者，"吕命王"固不能解作"王命吕"。若以《书序》说，"吕命穆王"则以臣命君成何事体？诸家著录周代彝器中有吕王器数事，如"吕王斗作大姬壶"等，然则吕固称王矣。今如释吕命王为周昭王之类，即命为吕王之号，或命为误字，其本字为吕王之号，则文从字顺。然则此篇固是吕王之诰，南方之训典，与成周无涉，固墨子之所引，而非早年儒家之书也。

《秦誓》一篇，《书序》、《史记》皆以为秦缪公丧师于崤之罪己诏，然按其文义颇与崤战后事之情景不合。《左传》记当时秦缪公云："孤违蹇叔，

第五章 论伏生所传书二十八篇之成分

以辱二三子，孤之罪也！不替孟明，孤之过也！"今《秦誓》中并无此等意思，只在渴思有才有量之贤士。意者此之指名秦缪公犹《文侯之命》之指名晋文侯，皆实不得其人，强以与此文差不多的地理及时代之最有名人物当之，强以其间最著明之事迹当之，而忘其不切也。《商颂》之指名正考父，《鲁颂》之指名奚斯，皆同一心理耳。

《秦誓》一篇，以文词论，是《尚书》中最上等者。如下列一段，实是绝美的文章，散文进化到此一步已是像有工夫的了。

昧昧我思之，如有一介臣，断断猗无他技，其心休休焉，其如有容：人之有技，若己有之，人之彦圣，其心好之，不啻如自其口出，是能容之，以保我子孙黎民，亦职有利哉！人之有技，冒疾以恶之，人之彦圣，而违之俾不达，是不能容，以不能保我子孙黎民，亦曰殆哉！邦之杌陧，曰由一人，邦之荣怀，亦尚一人之庆。

第五项是三代的三篇誓。至迟到春秋中叶，禅代征伐的两种政治理想都完成了一个系统，这可以《左传》为证。征伐是三代创业之功绩，夏以启为创业之祖（启之训为开，可以汉讳为证，然则启固是夏后氏之太祖，鲧禹犹在天神一格中也），据传说，其所伐者为有扈，故造《甘誓》，商以汤为成事之王，所伐者为夏桀，故造《汤誓》，周以武王为定功之世，所伐者为殷纣，故造《牧誓》，所谓《太誓》，亦即《牧誓》之一流，同一题目，不是一个人造的，故成不同的篇章。以此诸篇之文词与《周诰》、《殷盘》比一下，显然这是后人的文词，以其中发挥的意思与孟子墨子所记者较一下，显然这是凭借着"征诛"一种思想而出的文章。

第六类是《禹贡》、《洪范》两篇。《禹贡》言地理，而以九州之观念为纲，《洪范》综言天人系统，而以五行之观念为领。如这样子的典书，在战国时恐不少有，《晋书·束皙传》记汲冢简书各种，按其名实，足知彼时文书之有多体。《禹贡》虽比《穆天子传》为实(《穆天子传》亦因误读致有今天之面目)。《洪范》当比《大历》为实，然皆战国时托古拓今之创作，彼时之典书也。造作此等典书之风气，最迟至春秋已成，可以《左传》、《国语》所引各种古今杂糅铺排数目之训典为证。

《禹贡》、《洪范》两篇，虽大体上我们可以断定他是春秋战国间的东西，但如必确切指定其属于何一世则亦未必成功。为什么呢？古来的书每每先有个核子，后来逐渐发展与改变一书中自身之地层每不容易分辨，必以一书最初之层为此书之时代固失之，必以其最后层当之，亦未为得。

《洪范》一书之中央思想为五行，五行系统论之成立虽或在后，但其根蒂必在先。荀子在非子思、孟子时，指摘他们"按往旧造说，谓之五行"，所谓"造说"者，明其有自己的贡献，所以"按往旧"者，明其有凭借传说处。《左传》文七年，"水火金木土谷谓之六府"，此与五行之数虽小异而大同。且五方之说，似较五行为尤早，王国维曰："'贞方帝卯一牛之南口'，曰'贞㚔奠于东'，曰'己巳卜王奠于东'，曰'奠于西'，曰'贞奠于西'，曰'癸酉卜中贞三牛'。曰'方帝'，曰'东'，曰'西'，曰'中'，疑即五方帝之祀矣"。五方之观念，自与五行相混而更盛。

《禹贡》之中央思想为九州。九州之名见于《国语》者，有"谢西之九州"，此指一地方说，可以不论。若禹九州之说，至迟在春秋已盛。齐侯镈钟及齐

第五章 论伏生所传书二十八篇之成分

侯钟云："及其高祖，虩虩唐成，又（有）敢（严）在帝所，尃（溥）受大命，刻（克）伐颐（履）司，敚（敗）乃灵师。伊少（小）臣隹（唯）楠（辅）。咸有九州，处禹之堵（都）。"（《啸堂集古录》下）孙诒让考证（《古籀拾遗》上十六叶）此二器一作于灵公初卒，一作于灵公已有谥时，齐灵二十八年，正当春秋鲁哀公十九年也。春秋时此故事既用于如此之场所，则此故事必不创于彼时，然则禹九州之说纵不归之于夏殷，亦决不后以西周也。且《禹贡》九州之名称亦决非战国时名号，详拙著《禹贡九州释名》，今不录。惟九州观念与禹贡地理究是两事，尽可九州之说甚早，《禹贡》之书却可以甚后。然今如以《禹贡》地名有但见于汉代者，以为即是甚晚之书，亦未可通。地名之仅见于汉代书，不必即始于汉代，即如辽西辽东诸郡，《汉志》明言秦置，而《史记·匈奴列传》云是燕置，可见《汉志》所谓秦置郡县中，每有导源自六国时者。此犹是郡县之名称设置也。若一般地名，则创造尤不易。今如执鲜卑一调以为大招是东汉时所作之证，何其凿也？《禹贡》一篇，以文辞论，固绝不能为夏商及西周之书，然必以为是战国，亦未有充分之证据，若以为东周之书，可无谬焉。

第七类是所谓《虞夏书》两篇，即《尧典》、《皋陶谟》。所记皆尧舜禹禅让之故事，与三《誓》正为相对者，彼申三代征伐之思想，此陈三帝禅让之思想，皆战国时学者心中口中之大问题。此两篇从头即不是假定如《周诰》一类的文章而做的，自己先说"曰若稽古"，明为后人之言，而《左传》僖二十七年引《尧典》明明曰《夏书》。战国学人托尧舜禹故事以立言者必多，即春秋时或已多有之，如季孙行父不纳莒太子时所引《舜功》一大段文章，即所谓放四凶族登庸十六才子者，必亦是传说之一种，而与今所见《尧典》不合。今所见《尧典》中儒家思想之成分更重，原来故事之神话性更轻，《皋陶谟》一篇中竟将不同部族之"宗神"(Tribal Gods)合于一堂，而成全神庭(Pantheon)，部落之传说早为大一统之观念改化矣。

以上三类，但可以东周思想史之资料，不可为虞夏殷周史迹之所依也。

附《左传》引书表

《诗》、《书》在春秋战国时之面目，可取春秋战国时书引《诗》、《书》者统计推论之。《左传》所本源之《国语》一书，当是战国初年集合数国之语以成之者（说详后），其引《诗》、《书》颇可取以为《诗》、《书》在彼时状态之证据。顾栋高《春秋大事表》（卷四十七）所统计《左传》所载赋诗之事，几全与今所见诗篇章合，而引《书》多数在廿八篇之外。顾书抄引错乱无序，今一一据《左传》本文及杜注校之，列表如下。至顾氏所引二十二事之外，是否有遗漏者，今不及遍校《左传》全书，且待异日也。

一、隐六——《商书》曰："恶之易也，如火之燎于原，不可乡迩，其犹可扑灭？"杜曰："《商书》，《盘庚》。"

按，今《盘庚》无"恶之易也"一句，此句亦不类《盘庚》文辞。

二、庄八——《夏书》曰："皋陶迈种德，德乃降。"杜曰："《夏书》，逸书也。"

三、僖五——故《周书》曰："皇天无亲，惟德是辅。"又曰："黍稷非馨，明德惟馨。"又曰："民不易物，惟德繄物。"杜曰："逸书。"

四、僖二十三——《周书》有之："乃大明服。"杜曰："《周书》,《康诰》。"

五、僖二十四——《夏书》曰"地平天成"，称也。杜曰："《夏书》,逸书。"

六、僖二十七——《夏书》曰："赋纳以言，明试以功，车服以庸。"杜曰："《尚书》，虞夏书也。"按，此三语在今《皋陶谟》中(伪孔《益稷》)。

七、文五——《商书》曰："沈渐刚克，高明柔克。"杜曰："此在《洪范》，今谓之《周书》。"

八、文七——《夏书》曰："戒之用休，董之用威，劝之以九歌，勿使坏。"杜曰："逸书。"

九、宣六——《周书》曰："殪戎殷。"杜曰："《周书》,《康诰》也。"

十、宣十五——《周书》所谓"庸庸祗祗"者，谓此物也夫。杜曰："《周书》,《康诰》。"

十一、成二——《周书》曰："明德慎罚。"杜曰："《周书》,《康诰》。"

十二、成十六——《周书》曰："惟命不于常。"有德之谓。杜曰："《周书》,《康诰》。"

十三、成十六——《夏书》曰："怨岂在明，不见是图。"杜曰："逸书也。"

十四、襄十三——《书》曰："一人有庆，兆民赖之，其宁惟永。"杜曰：

"《周书》,《吕刑》也。"

十五、襄二十一——《夏书》曰:"念兹在兹,释兹在兹,名言兹在兹,允出兹在兹,惟帝念功。"杜曰:"逸书也。"

十六、襄二十三——《夏书》曰:"念兹在兹。"杜曰:"逸书也。"

十七、襄二十六——故《夏书》曰:"与其杀不辜,宁失不经。"杜曰:"逸书也。"

十八、襄三十一——《大誓》云:"民之所欲,天必从之。"杜曰:"今《尚书·大誓》,亦无此文,故诸儒疑之。"

按,此处传文疑是敷衍经文者。《经》云:"公薨于楚宫,"《传》云:"公作楚宫,穆叔曰:《大誓》云:'民之所欲,天必从之,'君欲楚也夫,故作其宫。若不复适楚,必死是宫也,'六月辛巳,公薨于楚宫。"鲁至此时,几成楚之藩邦,何欲楚之有?《鲁语》记襄公如楚之故事云:"襄公如楚及汉,闻康王卒,欲还,叔仲昭伯曰:'君之来也。非为一人也,为其名与其众也。今王死,其名未改,其众未败,何为还!'"如此形势,何欲之为?且楚宫之楚,非谓荆楚之国,犹言大宫也。《诗》:"定之方中,作于楚宫。揆之以日,作于楚室。"是其例。强以左氏书比附经文者,乃有此露马脚之文焉。

十九、襄三十一——《周书》数文王之德,曰:"大国畏其力,小国怀其德。"杜曰:"逸书。"

二十、昭十四——《夏书》曰:"昏,墨,贼,杀。"皋陶之刑也。杜曰:"逸书。"

二十一、哀六——《夏书》曰:"惟彼陶唐,帅彼天常,有此冀方。今失其行，乱其纪纲，乃灭而亡。"又曰："允出兹在兹。"杜于前段下云："逸书。"于后段下云："又逸书。"

二十二、哀十一——《盘庚》之诰曰："其有颠越不共，则劓殄无遗育，无俾易种于兹邑。"杜曰："《盘庚》，《商书》也。"按，今本《盘庚》作"乃有不吉不迪，颠越不恭，暂遇奸宄，我乃劓殄灭之，无遗育，无俾易种于兹新邑"。

第六章 诗部类说

《诗经》的部类凡三：一曰风，二曰雅，三曰颂。更分之则四：一曰国风，二曰小雅，三曰大雅，四曰三颂。此样之分别部居至迟在汉初已如是，所谓"四始"之论，即是凭借这个分部法而生的，无此分别即无"四始"说，是很显然的。然四始之说究竟古到什么时候呢？现在见到的《毛诗》四始说在诗序中，其说曰：

是以一国之事，系一人之本，谓之风。言天下之事，形四方之风，谓之雅。雅者，政也，言王政之所由废兴也。政有大小，故有小雅焉，有大雅焉。颂者，美盛德之形容以其成功告于神明者也。是谓四始，诗之至也。

这一说不是释四始，而是释四部之名义，显是后起的。今所见最早之四始说在《史记·孔子世家》：

古者诗三千余篇。及至孔子，去其重，取可施于礼义，上采契、后稷，中述殷周之盛，至幽、厉之缺，始于衽席。故曰："《关雎》之乱以为《风》始，《鹿鸣》为《小雅》始，《文王》为《大雅》始，《清庙》为《颂》始。"《三百五篇》孔子皆弦歌之，以求合《韶》、《武》、《雅》、《颂》之音。礼乐自此可得而述，以备王道，成六艺。

此则四始之本说，非如毛序之窃义。据此说，知所谓四始者，乃将一部《诗经》三百余篇解释为一个整齐的系统，原始要终，一若《吕子》之有十二纪，

《说文》之始一终亥者然。且与删诗之义，歌乐之用，皆有关系。作此说者，盖以为其终始如此谨严者，正是孔子有心之编制，为礼义，为弦歌，势所必然。

现在如可证明诗之部类本不为四，则四始之说必非古义，而为战国末年说诗者受当时思想系统化之影响而创作者。现在依风、雅、颂之次序解释之。

第一节 风

所谓"风"一个名词起来甚后。这是宋人的旧说，现在用证据充实之。《左传》襄二十九，吴季札观周乐于鲁，所歌诗之次序与今本"三百篇"大同。其文曰："为之歌《周南》、《召南》，……为之歌《邶》、《鄘》、《卫》，……为之歌《王》，……为之歌《郑》，……为之歌《齐》，……为之歌《豳》，……为之歌《秦》，……为之歌《魏》，……为之歌《唐》，……为之歌《陈》，……自《郐》而下，……为之歌《小雅》，……为之歌《大雅》，……为之歌《颂》。"此一次序与今见毛本（熹平石经本，据今已见残石推断，在此点上当亦不异于毛本）不合者，《周南》、《召南》不分为二。《邶》、《鄘》、《卫》不分为三，此等处皆可见后代《诗经》本子之腐化。《周南》、《召南》古皆并举，从无单举者，而《邶》、《鄘》、《卫》之不可分亦不待言。又襄二十九之次序中，《豳》、《秦》二风提在《魏》、《唐》之前，此虽似无多关系，然《雅》、《颂》之外，陈、桧、曹诸国既在后，似诗之次序置大部类于前，小国于后者；如此，则《豳》、《秦》在前，或较今见之次序为胜。最可注意者，即此一段记载中并无风字。《左传》一书引《诗》喻《诗》者数百处，风之一词，仅见于隐三年周郑交质一节中，其词曰："《风》有《采蘩》、《采蘋》，《雅》有《行苇》、《泂》、《酌》。"此一段君子曰之文辞，全是空文敷衍，准以刘申叔分解之例，此当是后人增益的空话。除此以外，以《左传》、《国语》两部大书，竟无《国风》之风字出现，而雅、颂两名词是屡见的，岂非风之一词成立本在后呢？《论语》又给我们同样的一个印象，《雅》、《颂》是并举的，《周南》、《召南》是并举的，说到"关雎之乱"，而并不曾说到"风之始"，风之一名词绝不曾出现过的。即《诗三百》之本文，也给我们同样的一个印象，《小雅·鼓钟篇》，"以雅以南"，明是雅、南为同列之名，非风、雅为同列之名。《大雅·崧高篇》所谓"吉甫作诵……其风肆好"者，风非所谓国风之义。孟子、荀子、儒家之正宗，其引《诗》亦绝不提及风字。然则风之一词之为后起之义，更无可疑。其始但是周南、召南一堆，邶、鄘、卫一堆，王一堆，郑一堆。……此皆对小雅、大雅一堆而为平等者，虽大如"洋洋盈耳"之周南、召南，小如"自桧而下无讥焉"之曹，大小虽别，其类一也。非《国风》分为如许部类，实如许部类本各自为别，更无风之一词以统之。必探诗之始，此乃诗之原始容貌。

然则风之一词本义怎样，演变怎样，现在可得而疏证之。风者，本泛指歌词而言，入战国成一种诡辞之称，至汉初乃演化为枚马之体。现在分几段叙说这个流变。

一、"风"、"讽"乃一字，此类隶书上加偏旁的字每是汉儒所作的，本是一件通例，而"风"、"讽"二字原为一字尤可证：

《毛诗·序》"所以风"，《经典释文》"如字。徐，福凤反，今不用"。按，福凤反即讽（去声）之音。又"风，风也。"《释文》："并如字。徐，上如字，下福凤反。崔灵恩集注本，下即作讽字。刘氏云：动物曰风，托音曰'讽'，崔云：'用风感物则谓之讽。'"《左氏》昭五年注，"以此讽"，《释文》"本亦作风"。又风读若讽者，《汉书集注》中例甚多，《经籍籑诂》辑出者如下：《食货志》下；《艺文志》；《燕王择传》；《齐悼惠王肥传》；《灌婴传》；《娄敬传》，《梁孝王武传》；《卫青传》；《霍去病传》；《司马相如传》，三见；《卜式传》；《严助传》；《王褒传》；《贾捐之传》，《朱云传》；《常惠传》；《鲍宣传》；《韦元成传》；《赵广汉传》，三见；《冯野王传》；《孔光传》；《朱博传》；《何武传》；《扬雄传》上，二见；《扬雄传》下，三见；《董贤传》；《匈奴传》上，三见；《匈奴传》下，二见；《西南夷传》，二见；《南粤王传》；《西域传》上；《元后传》，二见；《王莽传》上，二见；《王莽传》下；《叙传》上；《叙传》下，二见；又《后汉书·崔琦传》注亦同。按由此风为名词，讽（福凤反）为动词，其义则一。

二、风乃诗歌之泛称。

《诗·大雅》"吉甫作诵，其诗孔硕，其风肆好"。又《小雅》"或湛乐饮酒，或惨惨畏咎。或出入风议，或靡事不为"。郑笺以为"风犹放也"，未安，当谓出入歌诵，然后上与湛乐饮酒相配，下与靡事不为相反。《春秋繁露》"'文王受命，有此成功。既伐于崇，作邑于丰'，乐之风也"（文王受命在《大雅》）。《论衡》"风，乎雩，风歌也"。按，如此解《论语》

"浴乎沂,风乎舞雩,咏而归",然后可通。何晏注,风凉也,揆之情理,浴后晒于高台之上,岂是孔子所能赞许的?

据上引诗之辞为风;诵之则曰讽(动词),泛指诗歌,非但谓十五国。又以风名诗歌,西洋亦有成例如 Aria 伊大利语谓风,今在德语曰 Arie,在法语曰 Air,皆用为一种歌曲之名。以风名诗,固人情之常也。

三、战国时一种之诡词承风之名。

《史记·滑稽列传》:威王大悦,置酒后宫,召髡,赐之酒。问曰:"先生能饮几何而醉"?对曰:"臣饮一斗亦醉,一石亦醉"。威王曰:"先生饮一斗而醉,恶能饮一石哉?其说可得闻乎"?髡曰:"赐酒大王之前,执法在傍,御史在后,髡恐惧俯伏而饮,不过一斗径醉矣。若亲有严客,髡帣韝鞠𦜕,侍酒于前,时赐馀沥,奉觞上寿数起,饮不过二斗径醉矣。若朋友交游,久不相见,卒然相睹,欢然道故,私情相语,饮可五六斗,径醉矣。若乃州闾之会,男女杂坐,行酒稽留,六博投壶,相引为曹,握手无罚,目眙不禁,前有堕珥,后有遗簪,髡窃乐此,饮可八斗,而醉二参。日暮酒阑,合尊促坐,男女同席,履舄交错,杯盘狼藉,堂上烛灭,主人留髡而送客。罗襦襟解,微闻芗泽,当此之时,髡心最欢,能饮一石。故曰:酒极则乱,乐极则悲,万事尽然,言不可极,极之而衰,以讽谏焉。"

此虽史公录原文,非复全章,然所录者尽是整语,又含韵词,此类文章,自诗体来,而是一种散文韵文之混合体,断然可知也。此处之讽乃名调,照前例应为风字。"以风谏焉",犹云以诗(一种之诡词)谏焉,此可为战国时一种诡词承风之名之确证。至于求知这样的诡词之风是什么,还有些材料

第六章 诗部类说

在《战国策》及《史记》中。《战国策》八记邹忌与城北徐公比美事,《史记》四十六记驺忌子以鼓琴说齐威王事,皆是此类文章之碎块遗留者。又《史记》七十四所记之淳于髡,正是说这样话的人,驺忌、淳于髡便是这样"出入风议"的人,他们的话便是这样诡词,而这样的诡词号风。到这时风已不是一种单纯韵文的诗体,而是一种混合散文韵文的诡辞了。《荀子·成相》诡诗尚存全章,此等风词只剩了《战国策》、《史记》所约省的,约省时已经把铺陈的话变做仿佛记事的话了。然今日试与枚马赋一比,其原来体制犹可想像得之。

四、孔子已有"思无邪"与"授之以政"之诗论,孟子更把《诗》与《春秋》合为一个政治哲学系统,而同时上文所举之诡辞一体,本是篇篇有寓意以当谏诤之用者。战国汉初,儒者见到这样的诡调之"风",承袭儒家之政治伦理哲学,自然更要把刺诗的观念在解诗中大发达之,于是而"周道缺,诗人本之衽席,《关雎》作,仁义凌迟,《鹿鸣》刺焉",于是而"'三百篇'当谏书"。《国语》云"瞽献曲,史献语"。一种的辞令,每含一种的寓意,如欧洲所谓 Moral 者,由来必远,然周汉之间,"诗三百"之解释,至于那样子政治化者,恐也由于那时候的诡词既以风名,且又实是寓意之辞,儒者以今度古,以为《诗经》之作,本如诡诗。而孟子至三家之《诗》学,乃发展的很自然矣。

五、由这看来,讽字之与风字,纵分写为二,亦不过一动一名,原始本无后人所谓"含讥带讽"之义,此义是因缘引申之义,而附加者。

六、我疑"论"、"议"等词最初亦皆是一种诡诗或诡文之体,其后乃变为长篇之散文。《庄子·齐物论》,"六和之外,圣人存而不论,六合之内,圣人论而不议,《春秋》经世,先王之志,圣人议而不辨"。此处之论,谓理;议,谓谊;辨谓比。犹云六合外事,圣人存而不疏通之,六合内事,圣人疏通而不是非之,《春秋》有是非矣,而不当有词,以成偏言。这些都不是指文体之名称而言者,然此处虽存指文体,此若干名之源,也许是诡诗变为韵文者。《九辩》之文还存在,而以辩名之文,《九辩》外尚有非者。至于论之称,在战国中期,田骈作《十二论》,今其《齐物》一篇犹在《庄子》(考另见),在战国晚年,荀卿、吕不韦皆著论(见《史记》)。然此是后起之义,《论语》以论名,皆语之提要钩玄处。《晋书·束晳传》,"太康二年……盗发魏安釐王冢,得竹书数十车。……《论语·师春》一篇,书《左传》诸卜筮,师春似是造书者姓名也"。《左传》诸卜筮本是一时流行,至少在三晋流行之《周易》,师为官,春为名,当即传书之人。《左传》卜筮皆韵文诡诗,或者这是论一词之最古用处吗?议一字见于《诗经》者,"或出入风议",应是指出入歌咏而言,如此方对下文"靡事不为"。又《郑语》,"姜,伯夷之后也,嬴,伯翳之后也。伯夷能礼于神,以佐尧者也。伯翳能议百物,以佐舜者也"。韦昭解,"百物草木鸟兽,议使各得其宜",此真不通之解。上句谓伯夷能礼,下句当谓伯翳能乐,作诡诗以形容百物,而陈义理,如今见《荀子·赋篇》等。

约上文言:春秋时诡诗一种之名,入战国变成散文一种之体。现在且立此假设,以待后来之证实或证虚。

七、枚马赋体之由来。汉初年赋绝非一类,《汉志》分为四家,恐犹未足尽其辨别。此等赋体渊源有自,战国时各种杂诗之体,今存其名称者尚不少,此处不及比次而详论之,姑谈枚乘、司马相如赋体之由来。枚赋今存者,只《七发》为长篇,而司马之赋,以《子虚》为盛(《上林》实在《子虚》中,为人割裂出来),此等赋之体制可分为下列数事:

(一)铺张侈辞。

(二)并非诗体,只是散文,其中每有叶韵之句而已。

(三)总有一个寓意(Moral),无论陈设得如何侈靡,总要最后归于正道,与淳于髡饮酒,邹忌不如徐公美之辞,全然一样。

我们若是拿这样赋体和楚词较,全然不是一类,和宋玉赋校,词多同者,而体绝不同,若和齐人讽词校,则直接之统绪立见。枚马之赋,固全是战国风气,取词由宋玉赋之一线,定体由讽词之一线,与屈赋毫不相干者也。淳于髡诸驺子之风必有些很有趣者,惜乎现在只能见两篇的大概。

因风及讽,说了如许多,似去题太远。然求明了风一词非《诗三百》中之原有部类之名,似不得不原始要终,以解风字,于是愈说愈远矣。

第二节 雅

汉魏儒家释雅字今可见者几皆以为"雅者正也"(参看《经籍籑诂》所辑)。然雅字本谊经王伯申之考定而得其确诂。《荀子·荣辱篇》云:"譬之越人安越,楚人安楚,君子安雅。"《读书杂志》云:"引之曰:雅读为夏,夏谓中国也，故与楚越对文。《儒效篇》'居楚而楚，居越而越，居夏而夏'，是其证。古者夏、雅二字互通，故左辽齐大夫子雅，韩子《外储说》右篇作子夏。杨注云'正而有美德谓之雅'，则与上二句不对矣。"斯年按，《荀子》中尚有可以佐此说之材料，《王制篇》云："声则凡非雅声者举废。"又云："使夷狄邪音不敢乱雅。"此皆足说明雅者中国之音之谓；所谓正者，纵有其义，亦是引申。执此以比《论语》所谓"子所雅言，《诗》、《书》、执礼皆雅言也"，尤觉阮元之说，以雅言为官话，尔雅为言之近官话者，正平可易。且以字形考之，雅、夏二字之本字可借古文为证。《三体石经》未出现风雅之雅字，然《说文·疋》下云，"古文以为诗大疋字"，然则《三体石经》之古文雅字必作疋甚明。《三体石经·春秋》中夏字之古文作是，从日从疋，是夏字之一体，正从疋声，加以日者，明其非为时序之字，准以形声字之通例，是之音训正当于疋字中求之也。

雅既为夏，夏既为中国，然则《诗经》之《大雅》、《小雅》皆是周王朝及其士民之时，与夏何涉？此情形乍看似可怪，详思之乃当然者。一、成周（洛邑）、宗周（镐京）本皆有夏地，夏代区域以所谓河东者为本土，南涉河及于洛水，西涉河及于渭水，故东西对称则曰夷夏，南北对称，则曰夏楚，春秋末季之秦公敦云曰朕"事蛮夏"，无异谓秦先公周旋于楚晋之间，而《左传》称陈、蔡、卫诸国曰东夏（说详拙著《民族与古代中国史》）。然则夏本西土之宗，两周之京邑正在其中。二、周人自以为承夏之统者，在《诗》则曰"我求懿德，肆于时夏"，"无此疆尔界，陈常于时夏"，在《书》则曰"惟乃丕显考文王，克明德慎罚，不敢侮鳏寡，庸庸祗祗，威威显民，用肇造我区夏"(说详拙著《新获卜辞写本后记》,跋见《安阳发掘报告》第二期三八四一五页[文中印刷错误极多])。然则周室王朝之诗,自地理的及文化的统系言之,固宜曰夏声,朝代虽有废兴,而方域之名称不改,犹之《诗经》中邶、鄘本非周之侯封,桧、魏亦皆故国之名号,时移世异,音乐之源流依故国而不改。音乐本以地理为别,自古及今皆然者,《诗》之有《大雅》、《小雅》正犹其有《周南》、《召南》。所谓"以雅以南",可如此观,此外无他胜谊也。

第三节 颂

颂之训为容,其诗为舞诗,阮元说至不可易。详拙著《周颂说》,今不复述。

如上所解,则全部《诗经》之部类皆以地理为别,虽《颂》为舞诗,《雅》证王朝之政,亦皆以方土国家为部类者。有一现象颇不可忽略者,即除《周诗》以外,一国无两种之诗。鲁、宋有《颂》,乃无《风》,其实鲁之必有《颂》外之诗,盖无可疑。即就《周诗》论,豳、王异地,雅、南异统,雅为夏声,乃中国之音,南为南方,乃南国之诗。当时江淮上之周人殖民地中两种音乐并用,故可曰"以雅以南"。今试为此四名各作一界说如下:

《大雅》、《小雅》　　夏声

《周南》、《召南》　　南音(南之意义详周颂说)

王国　东周之民歌

豳诗　周本土人戍东方者之诗（说见后）

所谓四方之音

在后来所谓国风之杂乱一大堆中，颇有几个地理的头绪可寻。《吕氏春秋·音初》篇为四方之音各造一段半神话的来源，这样神话固不可当作信史看，然其分别四方之音，可据之以见战国时犹深知各方之声音异派。且此地所论四方恰和所谓国风中系统有若干符合，现在引《吕子》本文，加以比核。

甲，南音

禹行功，见涂山之女，禹未之遇，而巡省南土。涂山氏之女，乃令其妾候禹于涂山之阳，女乃作歌，歌曰："候人兮猗。"实始作为南音。周公及召公取风焉，以为"周南召南"。

以"候人兮"起兴之诗，今不见于二《南》，然战国末人，必犹及知二《南》为南方之音，与北风对待，才可有这样的南音原始说。二《南》之为南音，许是由南国俗乐所出，周殖民于南国者不免用了他们的俗乐，也许战国时南方各音由二《南》一流之声乐出，《吕览》乃由当时情事推得反转了，但这话是无法证明的。

乙，北音

有娀氏有二佚女，为之九成之台，饮食必以鼓。帝令燕往视之，鸣若谥隘，二女爱而争搏之，覆以玉筐，少选，发而视之，燕遗二卵，北飞，遂不返。二女作歌，一终曰："燕燕往飞。"实始作为北音。

以燕燕子飞（即燕燕往飞）起兴之诗，今犹在《邶》、《鄘》、《卫》中（凡以一调起兴为新词者，新词与旧调应同在一声范域之中，否则势不可歌。起兴为诗，当即填词之初步，特填词法严，起兴自由耳）。是诗之《邶》、《鄘》、《卫》为北音。又《说苑·修文篇》"纣为北鄙之声，其亡也忽焉"，《卫》正是故殷朝歌。至于《邶》、《鄘》所在，说者不一。

丙，西音

周昭王亲将征荆，辛馀靡长且多力，为王右。还反涉汉，梁败，王及蔡公据汉中，辛馀靡振王北济，又反振蔡公。周公乃侯之西翟，实为长公（周公旦如何可及昭王时，此后人半神话）。殷整甲徙宅西河，犹思故处，实始作为西音。长公继是音以处西山，秦缪公取风焉，实始作为秦音。

然则《秦风》即是西音，不知李斯所谓"击瓮叩缶，弹筝搏髀"者，即《秦风》之乐否？《唐风》在文词上看来和《秦风》近，和《郑》、《王》、《陈》、《卫》迥异，或也在西音范围之内。

丁，东音

夏后氏孔甲田于东阳萯山，天大风，晦盲，孔甲迷惑，入于民室。主人方乳，或曰："后来，是良日也，之子是必大吉。"或曰："不胜者，之子是必有殃。"乃取其子以归曰："以为余子，谁敢殃之？"子长成人，幕动坼橑斫斩其足，遂为守门者。孔甲曰："呜呼，有疾，命矣夫！"乃作为破斧之歌，实始为东音。

今以破斧起兴论周公之诗在《豳风》。疑《豳风》为周公向东殖民以后，鲁之统治阶级用周旧词，采奄方土乐之诗（此说已在《周颂说》中论及）。

从上文看，那些神话固不可靠，然可见邶、南、豳、秦方土不同，音声亦异，战国人固知其为异源。

戊，郑声

《论语》言放郑声,可见当时郑声流行的势力。《李斯上秦王书》"郑卫桑间……异国之乐也,今弃击缶而就郑卫",不知郑是由卫出否?秦始皇时郑声势力尚如此大,刘季称帝,"朔风变于楚",上好下甚,或者郑声由此而微。至于哀帝之放郑声,恐怕已经不是战国的郑声了。

己,其他

齐人好宗教(看《汉书·郊祀志》),作侈言(看《史记·孟子驺子列传》),能论政(看《管》、《晏》诸书),"泱泱乎大国",且齐以重乐名。然诗风所存齐诗不多,若干情诗以外,即是桓姜事者,恐此不足代表齐诗。

周南　召南

《周南》、《召南》都是南国的诗,并没有岐周的诗。南国者,自河而南,至于江汉之域,在西周下一半文化非常的高,周室在那里建设了好多国。在周邦之内者曰周南,在周畿外之诸侯统于方伯者曰召南。南国称召,以召伯虎之故。召伯虎是厉王时方伯,共和行政时之大臣,庇护宣王而立之之人,曾有一番轰轰烈烈的功业,"日辟国百里"。这一带地方虽是周室殖民地,但以地方富庶之故,又当西周声教最盛时,竟成了文化中心点,宗周的诸侯,每在南国受封邑。其地的人文很优美,直到后来为荆蛮残灭之后,还保存些有学有文的风气。孔子称"南人有言",又在陈、蔡、楚一带地遇到些有思想而悲观的人,《中庸》上亦记载"宽柔以教,不报无道,南方之强也,而君子居之"。这些南国负荷宗周时代文化之最高点,本来那时候崤函以西的周疆是不及崤函以东大的(宣王时周室还很盛,然渭北已是俨狁出没地,而渭南的人，与散地为邻者当不远于镐京，已称王了。不知在汉中有没有疆土，在巴蜀当然是没有的。若关东则北有河东，南涉江汉南北达二千余里）。我们尤感觉南国在西周晚年最繁盛，南国的一部本是诸夏之域，新民族（周）到了旧文化区域（诸夏）之膏沃千里中（河南江北淮西汉东），更缘边启些新土宇（如大、小《雅》所记拓土南服），自然发生一种卓异的文化，所以其地士大夫家庭生活，"鼓钟钦钦，鼓瑟鼓琴，笙磬同音，以雅以南，以籥不僭"。《周南》、《召南》是这一带的诗，《大雅》、《小雅》也是这一带的诗，至少也是由这一带传出，其较上层之诗为雅，其较下层之诗称南。南国盛于西周之末，故雅南之诗多数属于夷、厉、宣、幽，南国为荆楚剪灭于鲁桓、庄之世，故雅南之诗不少一部分属于东周之始，已是周室丧乱后"哀以思"之音。

二《南》有和其他《国风》绝然不同的一点：二《南》文采不艳，而颇涉礼乐：男女情诗多有节制（《野有死麕》一篇除外），所谓"发乎情，止乎礼义"者，只在二《南》里适用，其他《国风》全与体乐无涉（《定之方中》除外），只是些感情的动荡，一往无节制的。

《周南》、《召南》是一题，不应分为两事，犹之乎《邶》、《鄘》、《卫》之不可分，《左传》襄二十九，吴季札观乐于鲁，"为之歌周南召南"，固是不分的。

诗的阶级

以地望之别成乐系之不同，以乐系之不同，成《诗三百》之分类，既如上所说，此外还有类分《诗三百》的标准吗？曰：应该尚有几种标准，只是参证的材料遗留到现在的太少了,我们无从说确切的话。然有一事可指出者,即《颂》、《大雅》、《小雅》、二《南》、其他《国风》,各类中,在施用的场所上,颇有一种不整齐的差异。《大雅》一小部分似《颂》,《小雅》一小部分似《大雅》,《国风》一小部分似《小雅》。取其大体而论,则《风》、《小雅》、《大雅》、《颂》各别;核其篇章而观,则《风》(特别是二《南》)与《小雅》有出入,《小雅》与《大雅》有出入。《大雅》与《周颂》有出入,而二《南》与《大雅》,或《小雅》与《周颂》,则全无出入矣。此正所谓"连环式的分配",图之如下:

今试以所用之处为标,可得下列之图,但此意仅就大体言,其详未必尽合也。

宗庙	朝廷	大夫士	民间
			邶以下国风
		周南	召南
		小雅	
周颂			
鲁颂			
商颂			

[注]《邶》、《鄘》、《卫》以下之《国风》中,只《定之方中》一篇类似《小雅》,其余皆是民间歌词,与礼乐无涉(王柏剟诗即将《定之方中》置于《雅》,以类别论,固可如此观,然不知《雅》乃周室南国之《雅》,非与《邶风》相配者)。

故略其不齐,综其大体,我们可说《风》为民间之乐章,《小雅》为周室大夫、士阶级之乐章，《大雅》为朝廷之乐章，《颂》为宗庙之乐章。

诗篇之次序

今见"诗三百"之次叙是绝不可靠的，依四始之义，这次叙应该是不可移的，至少首尾如此。但这是后来的系统哲学将一总集化成一个终始五德论的办法，是不近情理的。不过传经者既以诗之次序为不可移，乃有无数的错误，即如《大雅》内时代可指的若干诗中，因有一篇幽王时的诗在前，乃不得不将以后的诗都算在幽王身上了。这个毛病自宋人起已看出来，不待多所辩证，现在但论《大雅》中几篇时代的错误。

《大雅》的时代有个强固的内证。吉甫是和仲山甫、申伯、甫侯同时的，这可以《崧高》、《烝民》为证。《崧高》是吉甫作来美申伯的，其卒章曰："吉甫作颂，其诗孔硕。其风肆好，以赠申伯。"《烝民》是吉甫作来美仲山甫的，其卒章曰："吉甫作诵，穆如清风。仲山甫永怀，以慰其心。"而仲山甫是何时人，则《烝民》中又说得清楚，"四牡彭彭，八鸾锵锵。王命仲山甫，城彼东方。四牧骙骙，八鸾喈喈。仲山甫徂齐，式遄其归"。《史记·齐世家》："盖太公之卒百有余年（按，年应作岁，传说谓太公卒时百有余岁也），子丁公吕伋立。丁公卒，子乙公得立。乙公卒，子癸公慈母立。癸公卒，子哀公不辰立（按哀公以前齐侯谥用殷制，则《檀弓》五世反葬于周之说，未可信也）。哀公时纪侯谮之周，周烹哀公而立其弟静，是为胡公。胡公徙都薄姑，而当周夷王之时。哀公之同母少弟山，怨胡公，乃与其党，率营丘人袭杀胡公而自立，是为献公。献公元年，尽逐胡公子，因徙薄姑都治临菑。九年，献公卒，子武公寿立。武公九年周厉王出奔于彘，十年王室乱，大臣行政，号曰共和。二十四年周宣王初立。二十六年武公卒，子厉公无忌立。厉公暴虐，故胡公子复入齐，齐人欲立之，乃与攻杀厉公，胡公子亦战死。齐人乃立厉公子赤为君，是为文公，而诛杀厉公者七十人。"按，厉王立三十余年，然后出奔彘，次年为共和元年。献公九年，加武公九年为十八年，则献公九年乃在厉王之世，而胡公徙都薄姑在夷王时，或厉王之初，未尝不合。周立胡公，胡公徙都薄姑，则仲山甫徂齐以城东方，当在此时，即为此事。至献公徙临菑，乃杀周所立之胡公，周未必更转为之城临菑，毛《传》以"城彼东方"为"去薄姑而迁于临菑"，实不如以为徙都薄姑。然此两事亦甚近，不在夷王时，即在厉王之初，此外齐无迁都事，即不能更以他事当仲山甫之城齐。这样看来，仲山甫为厉王时人，彰彰明显。《国语》记鲁武公以括与戏见宣王，王立戏，仲山甫谏。懿公戏之立，在宣王十三年，王立戏为鲁嗣必在其前，是仲山甫犹及宣王初年为老臣也（仲山甫又谏宣王料民，今本《国语》未纪年）。仲山甫为何时人既明，与仲山甫同参朝列的吉甫、申伯之时代亦明，而这一类当时称颂之诗，亦当在夷王厉王时矣。这一类诗全不是追记，就文义及作用上可以断言。《烝民》一诗是送仲山甫之齐行，故曰："仲山甫徂齐，式遄其归。吉甫作诵，穆如清风。仲山甫永怀，以慰其心。"这真是我们及见之最早赠答诗了。

吉甫和仲山甫同时，吉甫又和申伯同时，申伯又和甫侯一时并称，又和召伯虎同受王命（皆见《崧高》），则这一些诗上及厉，下及宣，这一些人大

第六章 诗部类说

约都是共和行政之大臣。即穆公虎在彘之乱曾藏宣王于其宫,以其子代死,时代更显然了。所以《江汉》一篇,可在厉代,可当宣世,其中之王,可为厉王,可为宣王。厉王曾把楚之王号去了,则南征北伐,城齐城朔,薄伐猃狁,淮夷来辅,固无不可属之厉王,厉王反而是败绩于姜氏之戎,又丧南国之人。

大、小《雅》中那些耀武扬威的诗,有些可在宣时,有些定在厉时,有些或者在夷王时的。既如此明显,何以毛《序》一律加在宣王身上?曰,这都由于太把诗之流传次序看重了:把前面伤时的归之厉王,后面伤时的归之幽王,中间一段耀武扬威的归之宣王。不知厉王时王室虽乱,周势不衰,今所见诗之次叙是绝不可全依的,即如《小雅·正月》中言"赫赫宗周,褒姒灭之",《十月》中言"周宗既灭",此两诗在篇次中颇前,于是一部《小雅》,多半变作刺幽王的,把一切歌乐的诗,祝福之词,都当作了刺幽王的。照例古书每被人移前些,而大小《雅》的一部被人移后了些,这都由于误以诗之次序为全合时代的次序。

《大雅》始于《文王》,终于《瞻仰》、《召旻》。《瞻仰》是言幽王之乱,《召旻》是言疆土日蹙,而思召公开辟南服之盛,这两篇的时代是显然的。这一类的诗不能是追记的。至于《文王》、《大明》、《绵》、《思齐》、《皇矣》、《下武》、《文王有声》、《生民》、《公刘》若干篇,有些显然是追记的。有些虽不显然是追记,然和《周颂》中不用韵的一部之文辞比较一下,便知《大雅》中这些篇章必甚后于《周颂》中那些篇章。如《大武》、《清庙》诸篇能上及成康,则《大雅》这些诗至早也要到西周中季。《大雅》中已称商为大商,且云"殷之未丧师,克配上帝",全不是《周颂》中

091

遵养时晦(即兼弱取昧义)的话,乃和平的与诸夏共生趣了。又周母来自殷商,殷士祼祭于周,俱引以为荣,则与殷之敌意已全不见,至《荡》之一篇,实是说来鉴戒自己的,末一句已自说明了。

《大雅》不始于西周初年,却终于西周初亡之世,多数是西周下一半的篇章。孟子说"王者之迹熄而《诗》亡,《诗》亡然后《春秋》作",这话如把《国风》算进去,是不合的,然若但就《大雅》、《小雅》论,此正所谓王者之迹者,却实在不错。《大雅》结束在平王时,其中有平王的诗,而《春秋》始终鲁隐之元年,正平王之四十九年也。

第七章　最早的传疑文人

——屈原、宋玉、景差

三百篇后，四言的运命已经终结，既如我们在十二节里所说：接续四言体制而起的，是所谓"楚词"一类的诗歌，这类体制影响后来的文学反比《诗经》大得多，所以值得我们格外考校一下。

最可注意的一件事，是中国文学演进到楚词，已经有指名的文学家了。在《诗三百》中，无论二《南》、《国风》，都是民间歌曲之类，正如现在常语所谓"民众为民众造的"，固然指不出作者来，即在《雅》、《颂》，作者是谁，于文学史上亦无重大的关系。我们只要知道那些篇章各是何时作，便可以看出文学之演化，反正《小雅》是时代的怨言，《大雅》和《颂》是庙堂的制作，都是很少个人性的。这不是说，我们对于这些篇的作者问题理当忽略的。假如我们可以知道这些篇的作者们岂不甚好，不过这些篇的作者问题在汉时已经不能考定，何况现在？并且因为这些篇较少个人性，况又一经作为乐用，以答嘉宾，以为享祭，文学的意味更远退在乐章的作用以后。《诗经》之存到后世，在初步是靠乐，靠为人解作一切修身之用(如《论语》)。在后代是靠他被当时人作为谏书即当时人系统哲学的一部，并不是靠他的文学，尤不是靠他的作者。譬如被人指为《诗经》作者的，都是一代政治人物或闻人，如周公、庄姜、奚斯、正考父，真正都是渺不相干的(说见前)。但这情形，到楚辞便全不然了。楚辞的文章是个人性的(《九章》等除外)，他的传流不是靠乐的。楚词有个最大的中心人物屈原。屈原一死便成若干的"故事"所凭托，到后来竟成了神话(如五月五日龙舟节)。自汉以来，大家仿佛觉得楚词就是屈原，屈原就是楚词。这样可以一个文学家为一种文学的中心，始于屈原，历来也以屈原的一段为最大。中国古代的文词演化到屈原，已经有"文人"了，文词的作者问题成为重要问题了，这是和"诗三百"的时代迥然不同的，这件事实是文学史上一个断代的事实。

辞赋两个字是没有分别的，文选里面有赋、有辞、有骚，这个我们固不必如苏东坡骂作者为齐梁间小儿，然这样分法却实在是齐梁间人强作解事(或者这种强解由来已久)。例如《怀沙》是王逸所谓辞的，王逸是只章句辞不选赋的，然司马子长明明说屈原将死"乃作《怀沙》之赋"。《七略》、《汉志》一作于西汉之末，一作于东汉之初，都不分辞赋，可知辞赋之分是东汉人的俗作。《七略》、《汉志》却把赋分做四类：一、屈原赋之属，唐勒、宋玉、庄夫子、贾谊、枚乘、司马相如、淮南王等属之；二、陆贾赋之属，枚皋、朱建、严助、朱买臣、司马迁、臣婴、齐臣说、萧望之、扬雄、冯商等属之；三、孙卿赋之属，所属者今皆亡。第二目号为秦时杂赋：四、杂赋之属，皆不著作者，而于结语也提出来称"家"(东汉人用家字义与今殊)。为什么这样分法，我们固难讲定。《七略》、《汉志》的分类，原来不是尽美尽善的。但《七略》虽分得每每错，却每每代表当时的风尚(如前论《诸子略》)。赋除杂类以外，既有三宗，我们且不妨测想一下，何以分为三宗之故。《七略》、

《汉志》将赋一律作为"不歌而诵",恐不尽当。《九歌》、《招魂》、《大招》固非歌不可,《九辩》之性质又和汉《大风》、《秋风》不两样,《大风》、《秋风》既皆是歌词,《九辩》为什么独不然?又如《离骚》、《九章》等篇中之用兮字,都显是由歌调节奏而生(汉以来自然把兮之用推广了)。这样是抒情的节韵,并不是铺陈的话言,所以我疑屈赋一类。

第八章　楚辞余音

　　三百篇后，四言诗一体几乎没有继续者。荀赋虽四言，而和《风》、《南》、《雅》、《颂》的体制完全不同。有些句诚然像是摹仿《诗经》的，但孙卿是一个儒者，义理重的毕竟不能成文学的正流。《诗三百》原不是"学者"所成就的业作，而孙卿以学者为文章虽然有时也能成就一种典型，到底不能理短情长，续三百的运命。《乐记》说，"诗之失愚"，孙卿不愚，所以孙卿不能为三百篇作续。我们只好从《七略》、《汉志》的分类，使他和屈原、陆贾鼎足而三，下开汉朝典著中的一伦，而不上当时亡后之余响。秦刻石虽是四个字成一句，但体裁既完全自作古始，好些处三句一韵的，而那一种赫赫之度，炎炎之神，实在如李申耆所说的话，"亦是斯公焚诗书之故智"，我们自然更不能说他和《诗三百》有什么关系。至于汉初的四言诗，如唐山夫人《安世房中歌》，原来已成杂言，又是楚调，上和三百不相干（论见《汉乐府歌词》节）。若韦、孟的讽谏诗竟全不是诗了。腐词迂论，不特无诗意，并且全无散文的情趣，一般文章的气力。可见文学的重要质素，并不在乎择词拟句，成刑立式，而在感情统率语言之动荡。不然，把韦、孟的讽谏诗一句一句的看下去，何尝不是《雅》、《颂》的辞句？然而这些典语，并没有个切响。但这一线的发展后来愈大，西汉末年已经有这一行的若干"典制"，而蔡伯喈谀鬼，竟拿这一路的物事制成了所谓"大手笔"。所以四言到了汉

第八章 楚辞余音

世有格无韵，成文不成语，我们当然不更以诗论这些。八代中能作四言诗的；偶然有如曹孟德，能说几句"慨当以慷"的话，而曹子建能把五言作成文宗，却不能把四言振作起来，他的四言是失败的试验。可见四言之流，早成绝势。三百篇后，能把四言成隆高造诣者，只有一个陶渊明，他的四言"卓绝后先，不可以时代拘墟"，不过他的四言也只是他的个性，并不曾重为四言造出一个风气来。

四言已经不是汉初的文学，汉初的诗歌乃是续楚辞的。汉承秦绪，一切这样，已如我们在第二节中所说。秦统一六国，又不过十多年，能革政治，不能革人民的礼乐，习俗。楚又是七国中最大的国家，到战国因疆土包括了中国中部，若干中国文化区域入了他的版图，反而变了他的文化，这种中国化的楚风，转向此方发展，文学中又成就了辞赋歌辩的一套大体裁。则汉初的民间文学，风气当和楚风有关系，是件很自然的事。何况兴兵灭秦的人，不分项刘，都是楚人。后来沛公都关中，政制必承秦代之遗留，风气不能改楚人之习尚，则楚风之能及关中，这层也许有些帮助（《汉书·礼乐志》云"高祖乐楚声"）。我们看《汉志》的辞赋略，便可见到楚国把汉朝的文学统一得周全，恰和齐秦统一宗教，齐鲁统一宗法礼制，三晋统一官术，没有两样。

楚辞的起源当然上和四言下和五言七言词乃至散文的平话一个道理，最初只是民间流传的一体，人民自造又自享用的。后来文人借了来，作为他自己创作的体裁，遂渐渐的变大规模，成大体制，也渐渐的失去民间艺文的自然，失去下层的凭藉，可以不知不觉着由歌词变为就格的诗，由内情变为外论，由精灵的动荡变为节奏的敷陈，由语文变为文言。楚词一体的发达，到汉初，还不曾完全变成了文人的文学，相传的屈、宋、景、唐文辞，虽然论情词已经是些个人的，却到底有些人民化，口传语授，增损改易，当然是少不了的，屈、宋的平生到底只在些故事传说中。这个"文人化的楚辞"一线上之发达，到贾谊，才完全脱离了故事传说的地步，文体上也脱离相传所谓屈、宋所作各篇之重重复复，词无边际的状态。这层转移正因为由流传的歌体变为成篇章的制文之故。枚乘、枚皋、东方朔都寻这一线发达，至司马相如而"文人之赋"大成。辞和赋本来没有分别，《七略》、《汉志》固不作这个分别，司马子长也称《怀沙》为赋，但楚辞和汉赋在现在看来却是有些分别；由辞到赋的改变甚渐，然而一步一步的俱有不同。这层改变在下一节详细说，我们此地只提出一句，说，楚词入了汉代然后进为文人的文学之势急增，至景武间，遂成就了别一个体裁。

楚词虽然一面沿屈宋以至贾谊等的文人化的一个方向走，体裁愈扩张愈不可歌，一面楚歌之短调当汉初世还在很多地方仍是民间的歌乐，如高帝歌《大风》，项羽歌《垓下》，武帝《瓠子》、《秋风》、《西极》、《天马》诸歌，《乌孙公主歌》，《李陵歌》，一切见于史书之西汉盛时歌词，在汉武制乐府之前者，什之八九，属于楚辞一流的短调，只是非史书所载，如《乐录》、《杂记》、《黄图》以及好造故事的《王子年拾遗记》所录一切不可靠的，乃不属于这一体。大约当时文人化的一宗衍成长篇，遂渐不可歌，民间用的歌词犹用短调，依然全附音乐而行（现存这些短歌虽都不是些平民造的，然这些帝王将主于此等处只是从民俗之所为）。恰如北宋末以及南宋初时之词已经溶化成长阕，文人就卖弄文章，遂多不便歌，而小令犹是通俗的

第八章 楚辞余音

歌调，一个道理(七言久不为一般歌调，而竹枝、茶歌等一切流行民间之变体仍是七字句，五言失其乐府上之地位更早，而五字成句在现在歌谣中还常见)。直到汉乐府体大兴，东汉的五言乐府又成宗派，然后楚词的余响在民间歌词的区域中歇息。我们不知汉初各地俗乐之分配(《汉书》记载不详)，也不明了楚词歌调怎样凭附楚乐而行，又不大清楚后来的乐府如何代替了楚歌，所以这一段汉初年楚乐歌流行民间的故事，我们叙说不出详细来。但地域所被之远，流行时间之长久，是可寻思的。

论这几篇楚调短章的文词，则《垓下》、《大风》、《秋风》、《天马》、《乌孙》、《李陵》都是歌出来有气力的文词。我们论这些歌词，断不能拿我们读抒情诗的眼光及标准去评量一切，即如"采采芣苢，薄言采之"一类的话，若是我们做起诗来即这样，自然再糟没有了。但如果我们想像那是田家妇女，八九成群，于晴和的日子，采芣苢，随采随唱，则感觉这诗自有他的声响及情趣，即果不善，也不如我们始想之甚。《垓下》、《大风》、《秋风》、《天马》，以至《李陵》、《乌孙公主》之词，以文采论，固无可言(《秋风辞》除外)，然我们试想作者之身分，歌时之情景，则这些短歌中所表现的气力，和他言外之余音，感动我们既深且久，就是到了现在，如我们把他长读起来，依然振人气慨，动人心脾，所以经二千年的淘汰，永久为好诗。大约篇节增长，技术益工，不便即算是进步，因为形骸的进步，不即是文章质素的进步。若干民间文体被文人用了，技术自然增加，态情的真至亲切从而减少。所以我们读大家的诗，每每只觉得大家的意味伸在前，诗的意味缩在后，到了读所谓"名家"诗时，即不至于这样的为"家"的容态所压倒，到了读"无名氏"

的诗乃真是对当诗歌，更无矫揉的技术及形骸，隔离我们和人们亲切感情之交接。那么，无文采的短章不即是"原形质"，识奇字的赋不即是进步啊！

上节所叙列表以明之：

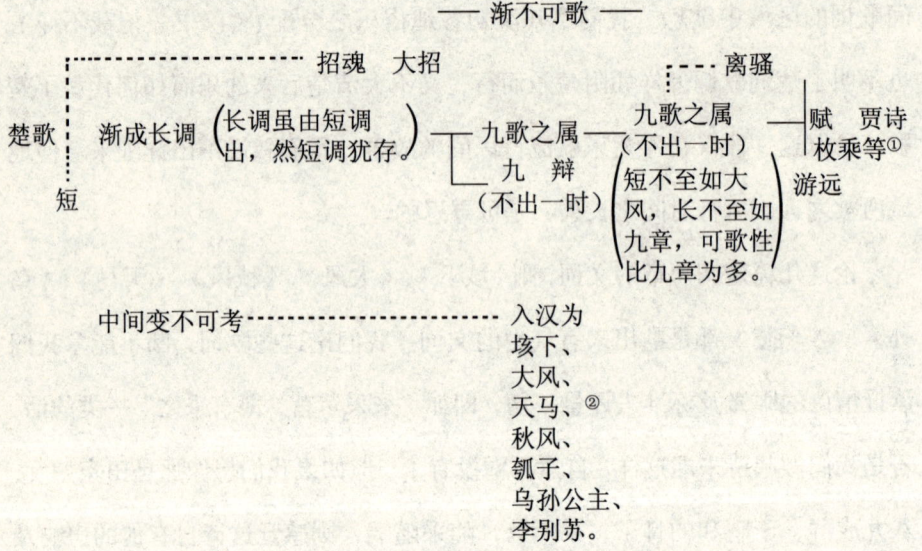

① 不歌而诵谓之赋，赋遂离辞为独立之体。

② 秋风最近九辩。

附录

项羽垓下歌

《史记》：项王军壁垓下，兵少食尽，汉军及诸侯兵围之数重。夜间汉军四面皆楚歌，项王乃大惊曰："汉皆已得楚乎？是何楚人之多也！"项王则夜起饮帐中。有美人名虞姬，常幸从，骏马名骓，常骑之，于是项王乃悲歌慷慨，自为诗，曰：

力拔山兮气盖世，时不利兮骓不逝，骓不逝兮可奈何？虞兮虞兮奈若何！

刘邦大风歌

《史记》：高祖还归，过沛，留置酒沛宫，悉召故人父老子弟纵酒。发沛中儿得百二十人，教之歌。酒酣，高祖击筑，自为歌诗。曰：

大风起兮云飞扬。威加海内兮归故乡。安得猛士兮守四方！

武帝瓠子歌

《汉书·沟洫志》：上既临河决，悼功之不成，乃作歌，曰：

"瓠子决兮将奈何！浩浩洋洋兮虑为河。虑为河兮地不得宁，功无已时兮吾山平。吾山平兮钜野溢，鱼弗郁兮柏冬日。正道驰兮离常流，蛟龙骋兮放远游。归旧川兮神哉沛，不封禅兮安知外！皇谓河公兮何不仁，泛滥不止兮愁吾人。啮桑浮兮淮泗满，久不返兮水维缓。"一曰"河汤汤兮激潺湲，北度回兮迅流难。搴长茭兮湛美玉，河公许兮薪不属。薪不属兮卫人罪，烧萧条兮噫乎何以御水！隤林竹兮楗石菑，宣防塞兮万福来。"

第九章　贾谊

我们在论屈原时,已经略略谈到贾谊,司马迁本是把屈、贾合传的。他如此作的意思,是不是因为辞赋一体为他们造成一个因缘(若然,则应知其颇有不同者,因屈原文犹带传说之采色,而贾谊著赋已不属传疑也),或者觉得他们两个人遭逢不偶的命运相同(其实绝不同),或者太史公借着自喻自发牢骚(太史公传古人,每将感慨系诸自己,如《伯夷列传》等等),我们用不着瞎猜谜去;但他两个人都是在文学上断时代的,就他们在文学史上所据的地位重要而论,则合传起来,不为厚此薄彼。不过我们也要知道屈原究竟是个传疑的人,贾生乃是信史中的人物罢了。

《史记·贾谊传》说:

贾生名谊,洛阳人也。年十八,以能诵《诗》属《书》闻于郡中。吴廷尉为河南守,闻其秀才,召置门下,甚幸爱。孝文皇帝初立,闻河南守吴公治平为天下第一,故与李斯同邑,而常学事焉。乃征为廷尉。廷尉乃言,贾生年少,颇通诸子百家诸书。文帝召以为博士。是时贾生年二十余,最为少,每诏令议下,诸老先生不能言,贾生尽为之对,人人各如其意所欲出,诸生于是乃以为能不及也。孝文帝说之,超迁,一岁中至太中大夫。贾生以为汉兴至孝文二十余年,天下和洽,而固当改正朔,易服色,法制度,定官名,兴礼乐,乃悉草具其事,仪法,色尚黄,数用五,为官名悉更秦之法。孝文

第九章 贾谊

帝初即位,谦让未遑也。诸律令所更定,及列侯悉就国,其说皆自贾生发之。于是天子议以为贾生任公卿之位,绛灌东阳侯冯敬之属尽害之,乃短贾生曰:"洛阳之人,年少初学,专欲擅权,纷乱诸事。"于是天子后亦疏之,不用其议,乃以贾生为长沙王太傅。贾生既辞往行,闻长沙卑湿,自以寿不得长,又以适去,意不自得。及度湘水,为赋以吊屈原。(辞略)贾生为长沙王太傅,三年,有这股、鸮鸟飞入贾生舍,上于坐隅。楚人命鸮曰服,贾生既以适居长沙,长沙卑湿,自以为寿不得长,伤悼之,乃为赋以自广。(辞略)后岁余,贾生征见,孝文帝方受釐,坐宣室。上因感鬼神事而问鬼神之本,贾生因具道所以然之状,至夜半,文帝前席。既罢,曰:"吾久不见贾生,自以为过之,今不及也。"居顷之,拜贾生为梁怀王太傅。梁怀王,文帝之少子,爱而好书,故令贾生傅之。文帝复封淮南厉王子四人皆为列侯,贾生谏,以为患之兴自此起矣。贾生数上疏,言诸侯或连数郡,非古之制,可稍削之,文帝不听。居数年,怀王骑堕马而死,无后。贾生自伤为傅无状,哭泣岁余,亦死。贾生之死时年三十三矣。

贾生死时只三十三,而死前"哭泣岁余",在长沙又那样不乐,以这么短的时光,竟于文学史上开一新时代,为汉朝政治创一新道路,不可不谓为绝世天才。我们现在读他的文字时,且免不了为他动感慨。

骤看贾生的文词和思想像是甚矛盾,因为好几种在别人不能一个人兼据的东西,或者性质反相的东西,在他却集在一个人的身上。第一,贾生兼通儒家思想及三晋官术。我们在读他《陈政事疏》时,觉得儒术名法后先参伍,一节是儒术之至意,一节是名法之要言。《汉志》虽把他的著作列在儒家,然不"亲亲"而认"形势",何尝是儒家的话?荀卿虽然已经以三晋人而儒学,李斯又是先谏逐客而后坑儒生的,究竟不如贾谊这样的拚合。第二,能侃侃条疏政事,为绝好之"笔"的人,每多不能发扬铺张,成绝好之"文"(此处文笔两字用六朝人义)。贾谊的赋,及《过秦》中篇既有那样的文采,而他的《过秦》上、下篇(从《史记》之序)及陈政事各疏又能这样的密察,不是文人的文字。第三,贾生的政论,如分封诸侯、教傅太子等等,都是以深锐的眼光看出来的,都是最深刻切要的思想,都不是臆想之谈,都不是《盐铁论》一般之腐,却又谓匈奴不过一大县,欲系单于之颈,又仿佛等于一个妄想的书生。贾谊何以有这些矛盾的现象呢?一来,所表示者不由一线而各线为矛盾的集合以成大造诣时,每每是天才强,精力伟大之表显,我们不必拘于能够沾沾自固的一格以评论才人。二来,他初为河南守吴公"闻其才,召置门下,甚幸爱",河南守"故与李斯同邑,而常学事焉",那么,贾生大有成了李斯"再传弟子"的样子。李斯先已学儒术而终于名法,贾生成学之环境及时代当可助成他这样子的并合众流。三来,他到底是一个少年的天才,所以一面观察时政这么锐敏,一面论到他不见的匈奴那么荒唐。四来,政治的状态转变了以后,社会的状态,不能随着这政治的新局面同时转,必须过上一世或若干世,然后政治新局面之效用显出来。汉初的游士文人(游士与文人本是一行),如郦食其,不消说纯粹是个战国时人,即如邹阳、陆贾、朱建、叔孙通、娄敬、贾山,哪一个不是记得的是些战国的故事,说得的是些战国的话言,做得的是些战国的行事。秦代之学,"以吏为师",本不能在民间发达另一种成学的风气,时期又短,功效未见而亡国,所以汉起来时,

第九章 贾谊

一般参朝典、与国政、游诸侯的文士，都是从头至底战国人样子的，到了贾谊我们才看见些汉朝东西。贾谊死于梁怀王死后年余，梁怀王文帝前十一年薨（西历前169），则贾生当死于文帝前十二三年（西历前168—前167），上距高帝五六年间（西历前202—前201），为三十三年，贾谊纯然是个汉朝的人了。战国时好几种不同的风气，经过秦代的压迫、楚汉的战乱以后，重以太平的缘故，恢复起他在社会上的作用时，自然要有些与原状态不同的分合，政制成一统之后，若干风尚也要合成一个系统，而贾生以他的天才，生在一个转移的时代，遂为最先一个汉文章、汉政治思想、汉制度之代表，那么，贾生之兼容若干趋向，只和汉家之兼有列国一样，也是时代使然。贾生对封建的制度论实现于景帝时，而他一切儒家思想均成于武帝，贾生不是一个战国之殿，而是一个汉风之前驱。但他到底是直接战国的人，所以议政论制，仍是就事论事，以时代之问题为标，而思解决处理之术，不是拿些抽象名词，传遗雅言，去做系统哲学的。以矛盾为相成的系统哲学，很表示汉代风气的，并不曾见于贾谊。

贾谊实在把战国晚年知识阶级中的所有所能集了大成，儒术及儒家相传的故实，黄老刑名，纵横家之文，赋家之辞，无不集在他一人身上，他以后没有人能这样了。

论贾生的著作，大略可分三类：一、论；二、赋；三、疏。《过秦论》上节论子婴，中节论秦成功之盛，衰亡之急，下节论二世（从《史记》之叙）。拿他论二世、子婴的话和他在疏中论汉政的话来比，显然见得过秦文章发扬，而事实不切，论汉政则甚深刻。想来《过秦论》当是他早时在洛阳时的著作，尚未经历汉廷，得识世政之实。《过秦》上、下两节文章发扬而不艳，虽非尽如六朝人所谓"笔"，然亦不甚"文"，故昭明不选。《过秦论》之中节，乃是魏晋六朝人著论之模范，左太冲有"著论准《过秦》，作赋拟《子虚》"之言，其影响后人不限一时，陆机《辩亡》、干宝《晋记》不过是个尤其显著的摹拟罢了。这篇的中节就性质论实在近于赋体，例如他说："当是时，齐有孟尝，赵有平原，楚有春申，魏有信陵。此四君者，皆明知而忠信，宽厚而爱人，尊贤而重士，约纵离横，并韩、魏、燕、赵、齐、楚、宋、卫、中山之众。于是六国之士，有宁越、徐尚、苏秦、杜赫之属为之谋，齐明、周最、陈轸、昭滑、楼缓、翟景、苏厉、乐毅之徒通其意，吴起、孙膑、带佗、兒良、王良、田忌、廉颇、赵奢之朋制其兵。尝以十倍之地，百万之众，叩关而攻秦，秦人开关延敌，九国之师，逡巡遁逃而不敢进。"这些人们时代相差百多年，亦无九国在一起攻秦之事，六国纵约始终未曾坚固的结过一次，然为文章之发扬不得不把事实说得这般和戏剧一样，那么，又和《子虚》、《上林》的文情，有什么分别呢？这类的论只可拿做"散文的赋"看。《文选》于论一格里，《过秦》中节之外，还有东方朔《非有先生》，王褒《四子讲德》（西汉后与此无涉，故不叙举以下）。这两篇虽以论史，其实如赋。古来著论本是敷文，不是循理，以循理为论，自魏晋始（如夏侯太初之论乐毅，江统之论徙戎，乃后世所谓论）。

贾谊的赋现在只存《服鸟》、《吊屈原》两篇，《惜誓》一篇《史记》、《汉书》都不提，《王逸》也说疑不能明（《北堂书钞》、《艺文类聚》、《文选》注、《古文苑》所引汉赋多六朝人所拟作）。其中字句虽有些同屈原赋，

第九章 贾谊

但《吊屈原赋》不谈神仙，而《惜誓》却侈谈神仙，也许是后人拟贾谊而作的。我们拿贾谊两赋与《离骚》、《九章》比，则不特《离骚》重重复复，即《九章》亦不免，而贾赋不这样。这因为屈赋先经若干时之口传，贾赋乃是作时即著文的，所以没有因口传而生之颠倒。又屈原情重而不谈义理，贾赋于悲伤之后，归纳出一篇哲论，这也是文章由通俗体进到文人体时之现象。贾赋的文采都不大艳，都极有气力，这也是因为贾生到底不是专为词人之业的人。屈君还是一个传疑中的词人，贾生已是一个信史上的赋家了。贾赋在后来的影响并不大，后来的赋本是和之以巨丽，因之以曼衍，而贾赋"其趣不两，其于物无强，若枝叶之附其根本"。（张皋文叙《七十家赋》中论贾谊赋语）神旨一贯，以致言词不长，遂不为后来之宗。

说到贾谊的疏，到赵宋时才发生大影响。自王介甫起，个个以大儒自命的上万言书，然而做文章气都太重，都不如贾生论当时题目之切。自东汉时，一般的文调都趋于整齐，趋于清丽采艳，所以他的《陈政事疏》自班固而下没有拿着当文章看他。这疏中的意思在文、景、武三朝政治发展上固然有绝大的关系，即就文章论也为散文创到一个独至境界，词通达而理尽至，以深锐的剖析，成高抗的气力。通篇中虽然句句显出"紧张"的样子，而不言过其情，因为有透彻的思想作著根基，明亮的文辞振着气势。拿他的《陈政事疏》和荀子著书比，荀子说不这样明白；和《吕览》比，《吕览》说不这样响亮；和《孟子》比，《孟子》说不这样坚辟；和《战国策》比，《战国策》说不这样要练；和董仲舒比，更断然显出天才与愚儒之分（仲舒弟子先以之大愚）。这实在是文学上一种绝高的造诣，声色和思想齐光，内质和外文并盛。只是东汉以后，文学变成士大夫阶级的文饰品，这样"以质称文"的制作，遂为人放在"笔"之列了。

贾生的论似赋，赋乃无后；论虽在六朝势力大，现在却只成历史的痕迹了。只有《陈政事疏》，至今还是一篇活文章，假如我们了解文、景、武三世政情的话。

继贾谊后，能把政事侃侃而谈的，有晁错。错无贾谊之文，政策都是述贾谊的。然错无儒家气，所以错所论引更多实在。

贾谊遗文现在所得见的，只有《汉书》所引之赋和疏，《史记·始皇本纪》替所引之论，现在虽有新书流传，不过这部书实是后人将《汉书》诸文拼成的一集，所补益更无胜义，宋人先已疑之，《四库提要》承认此事实，而仍为之回护，无谓也。

附录

举目如下：

《吊屈原赋》、《服鸟赋》、《陈政事疏》、《请封建子弟疏》

《谏王淮南诸子疏》(以上见《汉书》本传)

《过秦论》(见《史记·始皇本纪》)

《说积贮》《谏除盗铸钱使民旅铸》(以上见《汉书·食货志》)

第十章 儒林

刑名出于三晋，黄老变自刑名，迂怪生于燕齐，儒术盛于邹鲁。学业因地方而不同，亦因时代而变迁，一派分为数支，数学合为同派。以上这些情形在战国时代的，我们在前篇中说，现在只谈儒术入汉时的样子。原来儒宗势力之扩张，在乎他们是些教书匠，在战国时代的著作看来，儒虽然有时是一思想的系统，不过有时也是一个职业上的名词。"自行束修以上，吾未尝无诲焉"，可以显明的看出儒是职业来。后来术士、纵横之士都号儒，固然因为这些人也学过《诗》、《书》、孔子语(从儒者学的)，也因为儒这一个名词本不如墨之谨严，异道可以同文，同文则同为人呼作儒(如秦所坑之儒当然不是拒叔孙通之鲁两生所谓儒)。儒既是"教书匠阶级"，遂因为教书而散居四方(孔子常言学，本是他的职业话)，贵显者竟为人君之师。子夏设教西河，魏文侯好儒，以之为师，子贡适齐，澹台子羽居楚，故孟子前一世之楚人，已有"北学于中国"者(陈良)，子思则老于卫。墨与儒为敌，然墨翟亦曾先"修儒者之业，读孔子之书"，禽滑釐则受业于子夏。儒学之布于中部诸国，子夏居西河之力为大。故战国末季，儒为显学，亦成通名。我等固无证据谓战国时纵横之士亦号为儒，然汉初号为儒者每多纵横之士，如陆贾以至主父偃皆是。韩非子谓儒分为八，"自孔子之死也，有子张氏之儒，有子思之儒，有颜氏之儒，有孟氏之儒，有漆雕氏之儒，有仲良氏之儒，有孙氏之儒(孙卿)，有乐正氏之儒"。这话不见得能尽当时的儒家宗派，大约仅就韩非所见的说，韩非未尝到过齐鲁（大约如此），当时齐鲁另有些宗派。现在看《礼记》及他书所记，汉初儒者所从出，有两个大师：一、曾子；二、荀卿。传《礼》、传《论语》者俱称曾子，汉儒一切托词多归之曾子；《诗》、《书》、礼、乐之论每涉荀卿，而刘向校书时，《荀子》竟有三百余篇，去重复，存三十余篇，其中尚多与《礼记》出入之义。故汉初之儒，与战国之儒实难分。《管子》、《晏子》书中亦均有儒家语，出于战国，或出于初汉，亦难定。

儒家虽在战国晚年已遍及列国，但汉初年儒学仍以齐鲁为西向出发之大本营。在战国时，儒本有论道、传经之不同，汉朝政治一统，论道者每每与纵横家俱废，而两者又佁复为一。诸经故训，是内传；外传则推衍其义，以论古今，以衡世人，以辩政治。故《诗》鲁说、《尚书大传》、《春秋繁露》以及陆贾、贾谊所著，都可说是荀子著书一线下来之流派。现在我们以六经为分，论汉初儒者所遗之文学。

第一节 《诗》

《诗经》释义之学，毛郑胜于三家，故三家为毛淘汰，朱子胜于毛郑，故毛郑为朱子淘汰。清代儒者想回到毛郑身上的人，所争得的只是几个名物上的事，训诂大有进步，而解释文义，反而拘束不如朱子，故清儒注了几遍却并不能代朱子。嘉庆以来，三家《诗》之学兴，然究竟做不到《公羊》复兴的状态，因为《公羊传》文，邵公《解诂》俱存，《繁露》也不失，所以有根据。三家《诗》六朝即成绝学，借汉儒所引，现在尚得见者，"存十一于千百"虽可恢复些残缺，究竟没有像公羊学那样子成大宗的凭藉。我们现在就清儒所辑三家《诗》异文及遗说看，三家《诗》实在大同小异。大约三家《诗》之异处，在引申经义，以论政治伦理之处，不在释经，故"五际"之义，只有《齐诗》有，《鲁》、《韩》都没有。三家皆以《诗》论道、论政，《齐诗》尤能与时抑扬，大约一切齐学，都作侈言，都随时变迁。《齐诗》如此，遂有五际，《公羊》如此，流成谶纬，伏《书》如此，杂以五行。《鲁诗》也是高谈致用，但不如齐学杂阴阳而谈天人，大约《韩诗》尤收敛，最少非常异义可怪之论，故流行也最久（此只就汉儒所说及现存若干段中可得之印象论之，其实情甚难知）。举例而言，太史公是学《鲁诗》的，《鲁诗》也最是大宗，他说：

孔子去其重，取可施于礼义，上采契后稷，中述殷周之盛，至幽厉之缺，始于衽席。故曰，《关雎》之乱，以为《风》始，《鹿鸣》为《小雅》始，《文王》为《大雅》诗，《清庙》为《颂》始。

太史公读《春秋历谱牒》，至周厉王，未尝不废书而叹也，曰：呜呼！师挚见之矣。纣为象箸而箕子唏，周道缺，诗人本之衽席，《关雎》作，仁义凌迟，《鹿鸣》刺焉。

这样子拿着《诗经》解说一种的系统的政治哲学，和《公羊传》又有何分别？想当时三家必有若干"通义"，如春秋之胡毋生条例，大一统、黜周王鲁故宋、三世三统等等。大约汉初儒者，都以孔子删《诗》修《春秋》皆是拨乱反正之义。

《庄子·天下篇》(篇首当是汉初年儒者所修改，六经次序犹是武帝时状态)说"《诗》以道志"，《太史公自叙》说，"《诗》长于风"，"《诗》以达意"，《经解》"《诗》之失愚"，这些话都不错。但把《诗经》张大其辞而作解释的风气，自孔子已然。他说："《诗》三百，一言以蔽之，曰，思无邪。"又说:"人而不为《周南》、《召南》,其犹正墙面而立也与?"这些话,我们也不能怪他,因为《诗》在当时是教育,拿来做学人修养用的,故引申出这些哲学来也是情理之常。我们固断然不能更信这些话是对于《诗》本文有切解的,但也要明白当时有这些话的背景。对汉儒以《诗经》侈谈政治也该一样。且《诗》本有一部分只是些歌谣,正靠这种张大其词得存于世。

关于汉初三家《诗》义,可看陈乔枞等著作,此处不及多说。

第二节 《书》

《诗》于景帝时即是三家,三家虽大同,究不知出于一家否。《书》却只有一家,欧阳、大小夏侯皆出自伏生。自昭帝时,闹《大誓》问题起,一切的所谓《古文尚书》丛出不穷,经学之有古文问题,自《尚书》始。汉朝《诗》学起于多元,而终于无大异(《毛诗》在外),《书》学起于一元,而终于纷歧。

伏生说《书》,也不是专训诂,也是借《书》论政,杂以故事,合以阴阳,一如《春秋》及《诗》之齐学。现在抄陈寿祺辑定《大传》之二节,前节《唐传》,后节《略说》。

维五祀,定钟石,论人声,乃及鸟兽,咸变于前。故更箸四时,推六律六吕,询十有二变,而道宏广。

五作十道。孝力为右,秋养耆老,而春食孤子。乃浡然招乐,兴于大麓之野。报事还归二年,谈然乃作《大唐之歌》。《乐》曰:"舟张辟雍,鸧鸧相从。八风回回,凤皇喈喈。"歌者三年,昭然乃知乎王世明有不世之义。维十有三祀,帝乃称王而入唐郊,犹以丹朱为尸,于时百事咸昭然,乃知王世不绝,烂然必自有继祖守宗庙之君。维十有四祀,钟石笙管,变声乐,未

第十章 儒林

罢,疾风发屋,天大雷雨。帝沉首而笑曰,明哉非一人之天下也。乃见于钟石。帝乃雍而歌者重篇,招为宾客而雍为主人,始奏《肆夏》,纳以《孝成》。还归二年,而庙中苟有歌《大化》、《大训》、《天府》、《九原》,而夏道兴。维十有五祀,祀者祀者,舜为宾客而禹为主人。乐正进赞曰,尚考室之义,唐为虞宾,至今衍于四海,成禹之变,垂于万世之后。于时卿云聚,俊人集,百工相和而歌《卿云》,帝乃倡之曰:"卿云烂兮,礼(原注:礼字当作纪)缦缦兮。日月光华,旦复旦兮。"八伯咸进稽首曰:"明明上天,烂然星陈。日月光华,宏予一人。"帝乃再歌旋持衡曰:"日月有常,星辰有行。四时从经,万姓允诚。于予论乐,配天之灵。迁于贤圣,莫不咸听。鼚乎鼓之,轩乎舞之。菁华已竭,褰裳去之。于时八风循通,卿云蘩蘩。蟠龙赍信于其藏,蛟鱼踊跃于其渊。龟鳖咸出于其穴,迁虞而事夏也。

子夏读书毕,孔子问曰,吾子何为于《书》?子夏曰,《书》之论事,昭昭若日月焉,所受于夫子者,弗敢忘。退而穷居河济之间,深山之中,壤室蓬户,弹琴瑟以歌先王之风,有人亦乐之,无人亦乐之,上见尧舜之道,下见三王之义,可以忘死生矣。孔子愀然变容曰,嘻!子殆可与言《书》矣!虽然,见其表未见其里,窥其门未入其中。颜回曰,何谓也?孔子曰,丘常悉心尽志以入其中,则前有高岸,后有大溪,填填正立而已。六《誓》可以观义,五《诰》可以观仁,《甫刑》可以观诚,《洪范》可以观度,《禹贡》可以观事,《皋陶谟》可以观治,《尧典》可以观美。

《大传》现在只有这个辑佚本,然已可看其杂于五行阴阳之学,纯是汉初年状态。西汉儒者本不以故训为大业(以故训为大业东汉诸通学始然),都是"通经致用"的人们。

第三节 《礼》

《礼》本无经,因为礼之本不明文字的事,汉初儒者以战国时之《士礼》十七篇当之(此虽古文说,然甚通),郑注的《仪礼》即是这个。据《汉书·儒林传》,《礼》学之传如下:

鲁高堂生(不知徐生是否受之高堂)

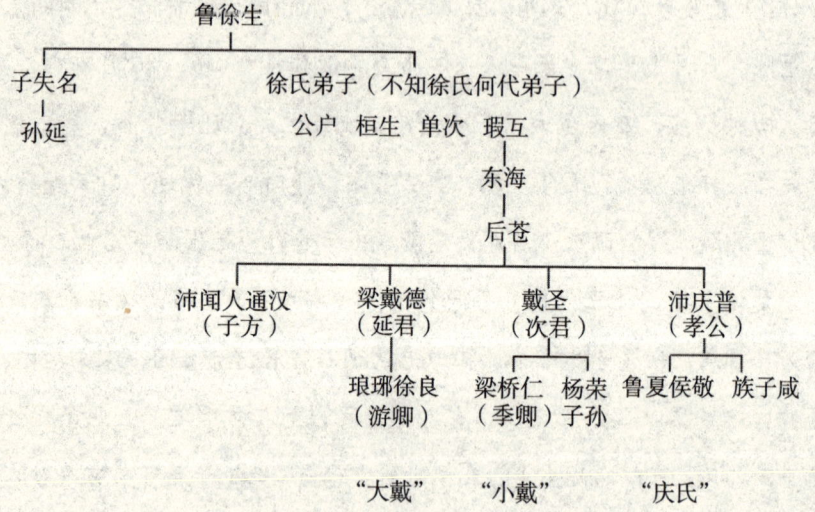

第四节 《礼记》

二戴所传之《记》中,多存汉早年文学,现在举几篇重要的叙说一下子,其但关于制度,祭祀的,考证应详,非一时所能就,故从阙。

《曲礼》这篇文章恰如这个名字,所谈皆是些礼之节,无长段,都是几句话的小段。从开始"不敬"起,至"贫贱而知好礼,则志不慑",稍谈修养并极言礼之重要,以下便是一条一条的杂记了。所记多是些居室接人的样子，很可表现鲁国儒家（一种的）之样子主义，也有很多是释名称的，如前边所举"十年曰幼学"等等，末尾尤多。这篇东西的材料大约多是先秦，然也有较后的痕迹。如"去国三世，爵禄有列于朝，出入有诏于国，若兄弟宗族犹存，则反，告于宗后；去国三世，爵禄无列于朝，出入无诏于国，惟兴之日，从新国之法"。这断非汉朝一统天下时代的话，且所举名称与《礼》，多与《春秋》合，与《孟子》、《荀子》亦有同者。所以这部书的大多部分应是先秦的物事，或者竟在春秋战国之交。这本书里包含很多鲁国"士阶级"之习俗及文教，故历史材料的价值很大。然很后的增加也有，如"行，前朱雀而后玄武，左青龙而右白虎"，这已经纯是秦汉间方士之谈了。

《檀弓》 这篇恐是《礼记》中最早之篇，所记虽较长，不如《曲礼》之简，仿佛繁者宜居后，然里面找不出一点秦汉的痕迹来，（这篇里所记多鲁故，间有卫齐晋事，无战国事，所记晋献文子之张老，犹在前也）。所记固是丧葬祭一流的事，而和《论语》、《孟子》、《荀子》相发明处很多，所列的些名字也多是春秋末乃至战国时儒家或与儒家多少相涉的人。取韩非儒分为八之言以校之，则数家之名见于此篇，取墨子非儒之义以核之，则此篇里恰有为墨论引以为矢的的话（《檀弓上》：孔子曰："之死而致，死之不仁，而不可为也，之死而致生之不知，而不可为也。是故竹不成用，瓦不成味，木不成斲，琴瑟张而不平，竽笙备而不和，有钟磬而无簨虡，其曰明器神之也。"此外一切以丧祭为人生惟一重事的话，皆墨家所力攻者）。《论语》孔子叩原壤之胫，曾子临死战战兢兢之言，孟子有若似夫子等语，在《檀弓》里都有一个较详的叙述。这篇里面已经把孔子看做神乎其神，《史记》野合而生孔子之说，虽尚未出，然孔子在《檀弓》中已不知其父之墓，且已是损益三代，宗殷文周的人，并可预知其死了（《国语》已把孔子看成神人，这需要至少好几十年，孔子同时人断无如此者，故《国语》、《左氏》作者断非孔子之友"鲁君子左邱明"）。所有一切服色，宗制，汉代儒者专以为业的，在这书里也有端了。曾子一派下来之鲁国正统儒家，在这篇里已经很显得他的势力了。这篇里实在保存了很多很多可宝贵的七十子后荀子前儒家史料。

《王制》《王制》中的制度与《孟子》、《周礼》各不同，究是何王之制，汉儒初未曾明说。如说是三王一贯之制，乃真昏语。东汉卢植以为《王制》是汉文帝令博士诸生所作（引见《经典释文》卷一及卷十一），大约差近。《周礼》之伪，最容易看出的地方，在他的整齐及琐碎，是绝不能行之制度，《王制》之伪，最容易看出的地方，在他的刻板的形式，也是绝不能行之制度。如说，"凡四海之内九州，州方千里，建百里之国三十，七十里之国六十，五十里之国百有二十，凡二百一十国，名山大泽不以封。其余以为附庸闲由。八州，州二百一十国。天子之县内，方百里之国九，七十里之国二十有一，五十里之国六十有三，凡九十三国，名山大泽不以盼，其余以禄士以为闲由。"这样的制度，就是新开辟的美洲，拿着经纬线当省界的，也还办不到。但这篇中若干的礼制与初年儒家说相发明，其教胄子，论选士，合亲亲及名分之谊以折狱，戒侈靡，论养老等，皆汉初儒者以为要政者，试与贾谊疏一校即知。其不带着战国的色彩，亦甚显然，盖战国人论制，无此抽象，无此刻板，无此系统者。所以卢植以为文帝令博士作，即使无所本，也甚近情，实不能因卢是古学，古学用《周官》，遂大抑《王制》也。

这篇很代表汉初年儒家的政治思想。《礼记》由二戴删录,二戴不与古文相干,所以这一篇还能经古文学之大盛而遗留。但郑玄觉其与《周礼》违,遂创为殷制之说,此实不通之论。

《王制》 自古文学兴后,即不显,朱文公亦不喜他,直到清嘉庆后,今文学复兴,以后以经籍谈政治者,愈出胆愈大,于是《王制》竟成素王手制之法。此种议论,发之康长素,本甚自然,发之绍述王、段之俞荫甫乃真怪事,总是一时习俗移人呵。

《月令》 这一篇同时见于《吕览》,又删要见于《淮南鸿烈·时则训》。然《淮南子》有此无足异,《礼记》与《吕览》有此,俱甚可怪。这篇整齐的论夏正,应该是汉初阴阳家的典籍,这个照道理放不进儒家的系统之内,而与《吕氏春秋》的其他各篇也并不相连属,但秦始皇帝坑燕齐海上术士,而扶苏谏曰,诸儒皆诵法孔子,荀卿亦以五行讥孟子子思,那么,阴阳家的势力浸入儒家,由来甚久了。到汉时,刑名黄老儒术无不为阴阳所化,《易》竟为六经之首,结果遂成了图录谶纬。然阴阳学在当时颇解些自然知识(看《淮南子》),历法其一。《礼记》中之有《月令》,是汉先年儒术阴阳合糅的一个好证据。至于以《十二纪》分配《吕览》十二卷,应该也是汉人的把戏。(本书《序意篇》云,"凡十二纪者所以纪治乱存亡也,所以知寿夭吉凶也。"是未尝纪历也。)

《曾子问》 所论皆礼之支节,又傅会孔子问礼老聃事。

《文王世子》 汉早年每以良儒为太子诸王太傅,虽文景不喜儒,这个风尚却流行。我疑这篇正是当时傅太子或傅诸王者之作,然无论如何,此是汉代所作，中云"遂设三老五更群老之席位焉"，三老五更是秦以来爵。

《礼运》《礼运》运字之解释，当与"天其运乎"、"日月运行"之运同，指变动言，故始终未必如一。但，纵使如此，此篇之不一贯尚极明显，细按之实是拼凑好几个不同的小节而成，每节固非如注疏本中所章句者之短，而亦不甚长，前后反复及颠倒之痕迹，已有数处。这篇里有一个甚显著的色彩，就是这一篇杂黄老刑名之旨、并不是纯粹儒家的话。如：

是故礼者君之大柄也（按，礼是儒者之词，柄是刑名之语），故政者君之所以藏身也（按此是黄老驭政之术），故君者立于无过之地也。故君者所明也，非明人者也，君者所养者，非养人者也，君者所事也，非事人者也。故君明人则有过，养人则不足，事人则失位，故百姓则君以自治也，养君以自安也，事君以自显也。故礼达而分定，故人皆爱其死而患其生（此亦儒道刑名混合语）。

尤其有趣的是最前两大节，宗旨完全相反。第一大节中说："今大道既隐，天下为家，各亲其亲，各子其子，货力为己，大人世及以为礼，城郭沟池以为固，礼义以为纪，以正君臣，以笃父子，以睦兄弟，以和夫妇，以设制度，以立田里，以贤勇知，以功为己，故谋用是作，而兵由此起，禹、汤、文武、成王、周公由此其选也。此六君子者，未有不谨于礼者也，以著其义，以考其信，著有过，刑仁讲让示民有常。如有不由此者，在势者去，众以为殃。是谓小康。"已经极言礼为世运既衰后之产物，维持衰世之品。其下言偃忽问，"如此乎礼之急也"，已不衔接，而孔子答语，"夫礼，先王以承天之道，以治人之情，……夫礼必本于天"，又这样称礼之隆。这显然不是一篇之文，一人之思想。

此篇第一节中论天下为公之大同思想,为近代今文学家所开始称道,实是汉初年儒道两种思想之混合,且道之成分更多。汉武帝以后,经宋学清学,无多人注意此者,最近始显。

《学记》 此篇是汉初儒者论教及学之方,并陈师尊之义。中引《兑命》,在伏生已佚,不知何据。又引《记》,不知何《记》。汉先年儒者生活之状态,此篇可示其数端。

《乐记》 此篇有一部分与《荀子·乐论》参差着相同。但荀子注重在驳墨,此则申泛义而已。此篇当是汉儒集战国及汉初儒者论乐之文贯串起来成这一篇,以论乐之用。末有三老五更之词,可见里边有汉朝的材料。

《经解》、《哀公问》、《仲尼燕居》、《孔子闲居》 此数篇皆论礼之用及其节制,颇有与《荀子》相证处,要是汉初年儒者述而兼作之言。

《中庸》 《中庸》显然是三个不同的分子造成的,今姑名之为甲部、乙部、丙部。甲部《中庸》从"子曰君子中庸小人反中庸起",直到"诗曰,妻子好合,如鼓琴瑟,兄弟既翕,和乐且耽。宜尔室家,乐尔妻孥。子曰,父母其顺矣乎"。开头曰中庸,很像篇首的话(现在的篇首显然是一个后加的大帽子),这甲部中所谓中庸,全是两端之中,庸常之道,写一个下大夫上士中间阶级的世家人生观,所以结尾才是"妻子好合,如鼓琴瑟,兄弟既翕,和乐且耽,宜尔室家;乐尔妻孥,子曰,父母其顺矣乎"一流的话,不述索隐行怪,而有甚多的修养,不谈大题目,而论家庭社会间事,显然是一个文化甚细密中的东西(鲁国),显然不是一个发大议论的文笔(汉儒)。相传子思作《中庸》,

看来这甲部《中庸》，与此传说颇合。要之，总是这一类的人的文字。乙部《中庸》，从"子曰：鬼神之为总其盛矣乎"起，直至"明乎郊社之礼帝尝之义治国其如示诸掌乎"止，与甲部《中庸》完全不相干，反与《礼记》中论郊祀、论祭、《大传》诸篇相涉，其为自他篇羼入无疑。丙部《中庸》自"哀公问政"以下直至篇末，"上天之载无声无臭至矣"，合着头上那个大帽子，由"天命之谓性"至"致中和，天地位焉，万物育焉"，共为一部。这一部中的意思，便和甲部完全不同了，这纯是汉儒的东西。这部中间，所谓中庸，已经全不是甲部中的"庸德之行，庸言之谨"，而是"中和"了。《中庸》在甲部本是一家之"小言詹詹"，在这丙部中乃是一个会合一切而谓共不冲突（即太和）之"大言炎炎"。盖中之初义乃取其中之一点而不偏于其两端之一，丙部中所谓中者，以其中括有其两端，所以仲尼便"祖述尧舜（法先王），宪章文武（法后王），上虑天时（羲和），下袭水土（禹）"，这比孟子称孔子之集大成更进一步了。孟子所谓金声玉振，尚是论德性的话，此处乃是想把孔子包罗一切人物。孟荀之所以不同，儒墨之所以有异，都把他一炉而熔之。九经之九事有些在本来是不相容的，如亲亲尊贤，在战国是两派思想，亲亲者儒，尊贤者墨，此乃"并行而不相害并育而不相悖"，这岂是晚周子家所敢去想的？然而中庸究竟不能太后了，因为虽提到祯祥，尚未入谶纬，但也许卢植有所删削。

西汉人的思想截然和晚周人的思想不同，西汉人的文章也截然和晚周人的文章不同。我想，下列几个标准，有时可以助我们决定一篇的文章属于晚周或汉世。

第十章 儒林

（一）就事说话的晚周，做起文来的是西汉的。

（二）对当时问题而言的是晚周的，空谈主义的是西汉的。

（三）思想成一贯，然并不为系统的铺排的，是晚周，为系统的铺排的，是西汉（自《吕览》发之）。

（四）凡是一篇文章或一部书，读了不能够想出他的时代的背景来的，就是说，发的议论是抽象，对于时代独立的，是西汉，而反过来的一面，就是说，能想出他的时代的背景来的，却不一定是晚周。因为汉朝也有就事论事的著作家，而晚周却没有凭空成思之为方术者。

《吕览》是中国第一部一家著述，以前只多见些语录（《论语》不必说，即《孟子》等亦是记言之文）。谈话究竟不能成八股，所以战国以文代言的篇章总有个问题在前面，且以事为学，也难得抽象。汉儒不以事为学而以书为学，不以文代言，而以文为文，所以才有那样磅礴而混沌的气象。汉儒竟有三年不窥园亭者，遑论社会？那么，他的思想还不是书本子中的出产品吗？

《中庸》一书前人已疑其非子思作，如"载华岳而不重"，若是子思，应为岱宗。又"今天下，书同文，车同轨，行同伦"，这当然不是先秦的话。此数点前人已论，故不详说也。

《中庸》为子思作一说，见《史记》，而《汉志》有《中庸》说二篇，不知我们上文所论乙丙两部是不是说二篇中之语。

《儒行》哀公问儒冠服儒服于孔子一说，已见于《荀子》三十一《哀公篇》，然意思和《儒行篇》全不同。《哀公问篇》中，问舜冠，孔子不对，以其不问苍生而问此。又问绅委章甫有益于仁否，孔子告以服能致善。这都未尝答以不知儒服。汉高帝恶儒生，骂人曰竖儒，随时溺儒冠，所谓以儒服为戏者，大约即是他，及他这一类人《儒行篇》中只言儒服儒冠受之自然（"丘少居鲁，衣逢掖之衣，长居宋，冠章甫之冠，丘闻之也，君子之学也，博其服也，乡丘不知儒服。"）却不敢诋毁笑儒服者，而以儒行对当之，这恐是汉初儒者感受苦痛自解之词。哀公即刘季也。

《大学》《孟子》说："人有恒言，皆曰天下国家。天下之本在国，国之本在家，家之本在身。"可见《孟子》时尚没有一种完备发育的"身、家、国、天下"之系统哲学，《孟子》只是始提到这个思想。换言之，这个思想在《孟子》时是胎儿，而在《大学》时已是成人了。可见《孟子》在先，《大学》在后。《大学》总是说平天下，而与孔子、孟子不同。孔子时候有孔子时候的平天下，"九合诸侯，一匡天下"，如齐桓晋文之霸业是。孟子时候有孟子时候的平天下，所谓"以齐王"是。列国分立时候的平天下，总是讲究天下如何定于一，姑无论是"合诸侯匡天下"，是以公山弗扰为东周，是"以齐王"，总都是些国与国间的关系；然而《大学》之谈平天下，但谈理财，既以财为末，又痛非聚敛之臣。理财原来只是一个治国的要务，到了理财成了平天下的要务，必在天下已一之后。可见《大学》不先于秦皇。《大学》引《秦誓》，秦向被东方诸侯以戎狄视之，他的掌故是难得成为东方的学问的。《书》二十八篇，出于伏生，伏生故秦博士，我总疑《书》中有《秦誓》，是伏生做过秦博士的痕迹。这话要真，《大学》要后于秦代了。且《大学》篇末大骂一阵聚敛之臣，不如盗臣，迸之四夷，不与同中国等等。汉初兵革纷扰，不成政治，无所谓聚敛之臣，文帝最不会闻聚敛之臣，而景帝也不闻

第十章 儒林

曾用过，直到武帝时才大用而特用，而《大学》也就大骂而特骂了。《大学》总不能先于秦，而汉初也直到武帝才大用聚敛之臣，如果《大学》是对时政而立论，那么，这篇书或者应该作于孔伋、桑弘羊登用之后，轮台下诏之前罢！

《大学》、《中庸》之为显学自宋始，仁宗始御书此两篇以赐新科状元王拱宸，十数年而程学兴，诚所谓利禄之途使然。在此一点，汉宋两代学问有何不同？（《中庸》古已显，惟未若宋后之超于经上，《大学》则自宋始显耳。）

《大戴记》《大戴记》现存篇章不完，乾隆间儒者以《永乐大典》核之，稍有所得，而篇数的问题至今难决。现在抄录通行本的决叙如下面。

……

主立第三十九

哀公问五义第四十

哀公问于孔子第四十一

礼三本第四十二

……

礼察第四十六

夏小正第四十七

保傅第四十八

曾子立事第四十九

曾子本孝第五十

曾子立孝第五十一

曾子大孝第五十二

曾子事父母第五十三

曾子制言上第五十四

曾子制言中第五十五

曾子制言下第五十六

曾子疾病第五十七

曾子天圆第五十八

武王践阼第五十九

卫将军文子第六十

……

五帝德第六十二

帝系第六十三

劝学第六十四

子张问入官第六十五

盛德第六十六

明堂第六十七

千乘第六十八

四代第六十九

虞戴德第七十

诰志第七十一

文王官人第七十二

诸侯迁庙第七十三

第十章 儒林

诸侯衅庙第七十三

小辩第七十四

用兵第七十五

小间第七十六

朝事第七十七

投壶第七十八

公府第七十九

本命第八十

易本命第八十一

按，此书之少独立性质，一校即见。《主言》与王肃《家语·王言》合，《哀公问五义》与《荀子·哀公篇》二节合，《哀公问于孔子》与《小戴记·哀公问》合，《礼三本》与《荀子·礼论》第二节合，《礼察初》同《小戴·经解》，后一部分与《汉书·贾谊传》合，《夏小正》在《隋书·经籍志》尚独立，《保傅》则全是《贾谊传》语。《曾子立事》至《曾子天圆》，《汉志》别有《曾子》十八篇，王应麟、晁公武即以此十篇当之，不为无见。《武王践阼》纯是道家语(或亦一种之《佚周书》)，《卫将军文子》则多同《仲尼弟子列传》，而太史公只云取《论语·弟子问》，不言取此。《五帝德帝系姓》则同于《史记·五帝本纪》，《劝学》则大同于《荀子》第一篇。《盛德》、《明堂》两篇为一为二，东汉许、郑已有争论。《千乘》、《四代》、《虞戴》、《德诰志》、《小辩》、《用兵》、《小间》七篇，王应麟据《三国·蜀志·秦宓传》裴注引刘向《七略》"孔子三见哀公，作《三朝记》七篇，今在《大戴礼》"之语，定为即《汉志》、《论语》类之《三朝记》。《迁庙》、《兴庙》两篇疑实一篇，其中一部同《小戴·杂记》；《朝事》多同《小戴·聘义》及《周礼·典命》、《大行人》、《小行人》、《司仪掌客》等，《投壶》合于《小戴记》。《公符》未有昭帝冠辞，《本命篇》中一节合于《小戴·丧服四制》。这样的凌迟看看与诸书合，很不像一个能在西汉时与《小戴记》有分家的资格的书。且一部独立的书，自己没有独立的性质，篇篇和别些书综错着相合，而自己反见出一个七拼八凑的状态来，殊不近于情理。所以我疑现存的《大戴记》是《礼记》盛行之后，欲自树立门户者，将故书杂记拼合起来，且求合于刘向、许、郑所论列，至《汉志》所举百三十篇以内，《小戴》四十九篇以外之所谓《大戴记》，其本来面目早已不见了。如果这个设想不错，则今本《大戴记》之原本，当是魏晋宋间人集史说子家而成之，若王肃《家语》，不过不必有王肃的那个反郑的作用罢了。后来又丧失数十篇，又将《夏小正》加入，并且和《隋志》也不合啦。所谓十三卷，无非凑合《隋志》所举之数（其实《隋志》中《夏小正》尚独立）。

我疑《礼记》自后苍、二戴后，四十九篇已成本书，此外篇章，原无定本，因传学之人之好尚而或增或减；文籍上初无所谓《大戴》、《小戴》之分（大小戴书之分，疑在【东汉】，裴引《别录》恐非原文）。亦无所谓二戴、庆氏三家之别（虽并立学官，实无大异，他经今文分立同）。汉博士分立，每因解说之小不同，不尽由篇章之差异，书之有大、小夏侯，公羊之有严、颜，皆是也。《汉书》谓桥仁季卿为小戴学，刘向《别录》谓其传《礼记》四十九篇，《后汉书》则谓其从同郡戴德学，《后汉·曹褒传》，父充，传庆氏《礼》,"褒亦传《礼记》四十九篇,教授诸生千余人,庆氏学遂行于世",是四十九篇三氏所共(今本《大戴》题九江太守戴德,是又弟冠兄戴矣)。自刘向、班固以来,引用《礼》篇,颇出今本大小戴《记》之外,篇名已有佚者,即篇名尚在引文却不见,是四十九篇之外随时有多出者,直到郑注始成画一。其引文篇名在,而文不在者,是今本四十九篇中与当时本有出入。《经典释文》引晋陈邵云,"马融、卢植考诸家同异,附戴圣篇章,去其繁重,及所叙略,而行于世,即今之《礼记》是也。郑玄亦依卢、马之本而注焉"。此语如实,则今传《礼记》之字句是马、卢、郑玄三家定本,而郑氏定本以前,三家分别之实,已无可尽考。郑君虽说:"戴德传《礼》八十五篇,则《大戴礼》是也,戴圣传《礼》四十九篇,则此《礼记》是也。"但郑君所谓《大戴礼》是什么东西,殊不可考,亦不能断定其必尽在《汉志》百三十一篇之内。今本《大戴》可疑滋多,已如前一节所说,并非郑所谓者。

但假如我们以为"《大戴礼》是后来拼凑成的"之一说不差,我们却不能轻视这部材料书,其中诚保存不少古材料。读者试以《大戴礼》之文句与大体合于他书者,比较一下,或者可以看出先后杂糅、更改、删加等事来。欧洲人所发达之章句批评学(Text Criticism)实在是"手抄本校勘学",由校勘而知其系统。乾嘉间儒者之校勘,精辟实过于欧洲,只因所据不过几个宋本,所参不过几部类书,及《永乐大典》,故成绩有时局促。王静安君据敦煌出土材料,成其考定《切韵》数抄本之善作,可以为模范者,也只是把不同的本子比一下子,因其不同,知其系统之别。如用这一法于《大戴礼记》,或者可得些新知识(即是以《大戴》为校书之用)。

《礼记》四十九篇中，无为古文学撑场面者，然除《王制》以外，亦无与古文学大冲突的话。这因为二戴、庆氏本是今文，又或者为古学之马、卢删其今文色彩之重者，故有现在不即不离的情形。

与《礼记》关系最多之子家，非《孟子》，实《荀子》。《荀子》大约是汉初年言学者所乐道，故文章重复至三百二十二篇（见刘向所叙），故研究《礼记》，非参考《荀子》不可。

《礼记》中《大学》、《中庸》、《乐记》、《经解》等篇，显然是西汉之文，重而不华，比而不艳，博厚而不清逸。系统多而分析少，入东汉后，文章不是这样子了。

第五节 《乐》

关于乐一艺之文学，《汉志·六艺略》著录百六十五篇，现在除《乐记》二十三篇外，皆知其佚。此处《乐记》二十三篇与现在《礼记》中《乐记》之关系如何，亦难定。现存材料不够我们作结论的。《乐》与文学出产之关系至大，而六经之《乐》与文学出产之关系乃至小，今故不论。

第六节 《易》

《易》和孔子没有关系，也和儒家没有关系。孔子晚而喜《易》韦编三绝之说，最早见于今本《史记》。《论语》上只有一句提到《易》的，即"加

第十章 儒林

我数年,五十以学《易》,可以无大过矣"。然此易字在鲁《论》是亦字,从下文读,古《论》始改为易。古《论》向壁虚造,本不可信,那么,《论语》是不曾谈到易一字的,《孟子》、《荀子》都不引《周易》。《左氏》、《国语》所引《周易》并不与现存《周易》同(自然有同处)。且《易》本为卜筮之书,《史记》有明文,《史记·儒林传》叙,举孔子与《诗》、《书》、《礼》、《乐》、《春秋》五经之关系,无一字谈《周易》,《自叙》谓太史公学天官于唐都,受《易》于田何,习道论于黄子,也是把《易》与方术一齐看,疑《仲尼弟子列传》之谈《易》,皆后人所补(如刘歆一流人)。且《史记·五帝纪》无一语采《系辞》,《系辞》必非子长所见(一知百虑之言当据别文)。又《儒林传》云:"鲁商瞿受《易》孔子,孔子卒,商瞿传《易》,六世至齐人田何,字子庄(此六世之传,《汉书·儒林传》与《史记·仲尼弟子传》不同),而汉兴。田何传东武人杨同子,仲子仲传菑川杨何。何以《易》,元光元年征官至大夫。"按,周敬王四十一年即鲁哀公十六年(西历前479)孔子卒,下至汉元光元年(西历前134)三百四十五年。八世传三百四十五年,必平均师年四十四,弟子始生,八代平均如此,天下无此事。且《史记》、《汉书》所记之传授,由鲁而江东,由江而燕,而东武,而齐,准以汉世传经之例,无此辗转之远,此为虚造之词无疑,《易》本愚人之术,孔子不信,孔子并祷亦不为,何况卜筮?《易》实是齐国阴阳家之学,与儒术本不相干,而性相反,自战国晚年,儒生术士不分,而《易》始成平学。

《易十翼》皆是汉时所著,即现存系词状态想亦非司马子长所及见,其他可知矣(子长虽引《易大传》然并未引伏牺等雅训之言,知所见不同今《系辞》也)。儒家受了阴阳化，而五经之外有《易》；阴阳家受了儒化，而《易》有《文言》、《系辞》。

第七节 《春秋》

孔子和《春秋》的关系之不易断，已如我们在论孔子时所说，现在我们只谈汉初年的《春秋》学。原来《春秋》是公羊所传，《春秋》即是《公羊》，《公羊》即是《春秋》。《穀梁》本有把《公羊》去泰去甚的痕迹，而《左氏》则是刘歆等把《国语》割裂了来作伪，此两节均待后来说。《公羊传》何时著于竹帛，《史记》、《汉书》俱无明文，后汉戴宏叙云(引见《公羊注疏何序》疏文)："子夏传与公羊高，高传与其子平，平传与其子地，地传与其子敢，敢传与其子寿。至汉景帝时，寿乃共弟子齐人胡毋子都著于竹帛。"现在《传》文全存；胡毋生《条例》，何休依之为《解诂》。但何去胡毋生三百年，此中《公羊》学之变化正不少，杂图谶其尤者，故现在从《解诂》中分出胡毋生之《条例》来，也不容易。今抄《注疏》本卷第一于下，以见《公羊春秋》之义法及文词。就释经而论，乃是望文生义，无孔不凿；就作用而论，乃是一部甚超越的政治哲学，支配汉世儒家思想无过此学者。

隐公

元年春王正月传：元年者何？君之始年也。春者何？岁之始也。王者孰谓？谓文王也。曷为先言王而后言正月？王正月也。何言乎王正月？大一统也。公何以不言即位？成公意也。何成乎公之意？公将平国而反之桓。曷为反之桓？桓幼而贵，隐长而卑，其为尊卑也微，国人莫知；隐长又贤，诸大夫扳隐而立之，隐于是焉而辞立，则未知桓之将必得立也。且如桓立，则恐诸大夫之不能相幼君也，故凡隐之立为桓立也。隐长又贤，何以不宜立？立適以长不以贤，立子以贵不以长。桓何以贵？母贵也。母贵则子何以贵？子以母贵，母以子贵。

三月，公及邾娄仪父盟于昧。及者何？与也。会及暨皆与也，曷为或言会或言及或言暨？会犹最也，及犹汲汲也，暨犹暨暨也。及我欲之，暨不得已也。仪父者何？邾娄之君也。何以名？字也。曷为称字？襃之也。曷为襃之？为其与公盟也。与公盟者众矣，曷为独襃乎此？因其可襃而襃之。此其为可襃奈何？渐进也。昧者何？地期也。

夏五月，郑伯克段于鄢。克之者何？杀之也。杀之则曷为谓之克？大郑伯之恶也。曷为大郑伯之恶？母欲立之己杀之，如勿与而已矣。段者何？郑伯之弟也。何以不称弟？当国也。其地何？当国也。齐人杀无知何以不地？在内也；在内虽当国不地也，不当国虽在外亦不地也。

秋七月，天王使宰咺来归惠公仲子之赗。宰者何？官也。咺者何？名也？曷为以官氏？宰士也。惠公者何？隐之考也。仲子者何？桓之母也。何以不称夫人？桓未君也。赗者何？丧事有赗，赗者盖以马，以乘马束帛、车马曰赗，货财曰赙，衣被曰襚。桓未君则诸侯曷为来赗之？隐为桓立，故以桓母之丧告于诸侯。然则何言尔？成公意也。其言来何？不及事也。其言惠公仲子何？兼之，兼之非礼也。何以不言及仲子？仲子微也。

九月，及宋人盟于宿。孰及之？内之微者也。

冬十有二月，祭伯来。祭伯者何？天子之大夫也。何以不称使？奔也。奔则曷为不言奔？王者无外，言奔则有外之辞也。

公子益师卒。何以不日？远也。所见异辞，所闻异辞，所传闻异辞。

《春秋》本是一个"断烂朝报"，试将甲骨遗文以时次排列，恐怕很像《春秋》了。所以有《穀梁春秋》把《公羊》去泰去甚，尚可说是"尊修旧文而不穿凿"，《公羊》之例无一无破例者，董仲舒"为之词"曰《春秋》无常例，则实先本望文生义，后来必有不能合义之文，在断烂朝报本无所庸心，在释者却异常麻烦。董子书号《春秋繁露》，引申经义之外，合以杂文，宋人已疑之，然非尽伪，合于公羊家言者甚多(参看《四库提要》)。兹于本篇之末附其元光元年对策以见董仲舒之学发于《公羊春秋》，一以《春秋》论时政。《春秋繁露》一书既凌迟(《汉志》儒家有董仲舒百二十三篇)，不引，引太史公举董仲舒论《春秋》语如下。

周道衰废，孔子为鲁司寇，诸侯害之，大夫壅之。孔子知言之不用，道之不行也，是非二百四十二年之中，以为天下仪表，贬天子，退诸侯，讨大夫，以达王事已矣。子曰："我欲载之空言，不如见之于行事之深切著明也。"夫《春秋》上明三王之道，下辨人事之纪，别嫌疑，明是非，定犹豫，善善恶恶，贤贤贱不肖，存亡国，继绝世，补敝起废，王道之大者也。《易》著天地阴阳四时五行，故长于变；《礼经》纪人伦，故长于行；《书》记先王之事，故长于政；《诗》记山川溪谷，禽兽草木，牝牡雌雄，故长于风；《乐》乐所以立，故长于和；《春秋》辨是非，故长于治人。是故《礼》以节人，《乐》以发和，《书》以道事，《诗》以达意，《易》以道化，《春秋》以道义；

拨乱世反之正，莫近于《春秋》。《春秋》文成数万，其旨数千；万物之散聚皆在《春秋》。《春秋》之中，弑君三十六，亡国五十二，诸侯奔走不得保以社稷者，不可胜数，察其所以，皆失其本已。故《易》曰："失之毫厘，差以千里。"故曰："臣弑君，子弑父，非一旦一夕之故也，其渐久矣。"故有国者不可以不知《春秋》，前有谗而不见，后有贼而不知。为人臣者不可以不知《春秋》，守经事而不知其宜，遭变事而不知其权。为人君父而不通于《春秋》之义者，必蒙首恶之名，为人臣子而不通于《春秋》之义者，必陷篡弑之诛，死罪之名。其实皆以为善为之不知其义，被之空言而不敢辞。夫不通礼义之旨，至于君不君，臣不臣，父不父，子不子。夫君不君则犯，臣不臣则诛，父不父则无道，子不子则不孝，此四行者天下之大过也。以天下之大过，予之，则受而弗敢辞，故《春秋》者，礼义之大宗也。夫礼禁未然之前，法施已然之后，法之所为用者易见，而礼之所为禁者难知。

《公羊春秋》与《齐诗》有同样的气炎，"泱泱乎大国之风"，《公羊传》、《繁露》，都无鲁儒生沾沾的气象。

第八节 《论语》、《孝经》

今本《论语》是郑本，幸有《经典释文》存若干条"鲁"、"古"之异。《论语》自是曾子后著于竹帛的，大体上与汉无涉，然"行夏之时，乘殷之辂，服周之冕，乐则韶舞"，纯是汉初儒者正朔服色之思想，至早不能过于战国晚年，而"凤鸟不至，河不出图，吾已矣夫"，竟是谶纬的话了。《乡党》

一篇，也有可疑处。汉兴，传《论语》有两家，《汉志》说："传齐《论》者，昌邑中尉少府家畸、御史大夫贡禹、尚书令五鹿充宗、胶东庸生、唯王阳各家。传鲁《论语》者，常山都尉龚奋、长信少府夏侯胜、丞相韦贤、鲁扶卿、前将军萧望之、安昌侯张禹，皆名家。张氏最后，而行于世。"

《孝经》当是如《礼记》者诸篇之一，所以后苍亦传之，后来为人称为《孝经》，以配六艺。所说纯是汉朝的话，如德教加于百姓，刑于四海之天子，只有秦汉皇帝如此，自孔子至战国末，无此天子。训诸侯以"在上不骄，高而不危，制节谨度，满而不溢。高而不危，所以长守贵也，满而不溢，所以长宗富也。富贵不离其身，然后保其社稷，而和其人民"。又申之以"战战兢兢，如临深渊，如履薄冰"。这那里是对春秋战国诸侯的话，汉家诸侯王常常坐罪国除，所以才说得上在上不骄，制节谨度，保其社稷，战战兢兢。然而刘歆时代《孝经》也有了古文，则古文之古可知了。

综合上面所论汉武帝前之六经，可见当时儒学实是齐鲁两学之合并，合并后互相为国，然仍各有不同处。齐放肆而鲁拘谨，齐大言而鲁永言（荀卿游学于齐，故荀卿亦非纯然三晋学者）。又汉初五经之学，几乎无不杂五行阴阳者，而以齐国诸学为尤甚。原五行之说本始于齐（见《孟子荀卿列传》）。而荀卿之以责子思、孟轲，当是风开得不合事实（言五行者托于《孟子》）。汉初，黄老刑名亦为五行所化，武帝时号称宗儒术而绌百家，实则以阴阳统一切之学而已。制礼乐的世宗，并不如封建的世宗之重要。

又汉初儒者实在太陋了，不识字（如书"文王"之成"宁王"），不通故，承受许多战国遗说，而实不知周时之典（如太史公《周本纪赞》之言，汉学

第十章 儒林

者竟分不清楚宗周与成周），其有反动固宜。

汉初儒学的中心人物是孔子，《诗》、《书》、《礼》、《乐》本是孔子时代士人之通学，《春秋》尚不闻，《易》尤后出。孔子与文艺关系，实不如汉初儒者所说之甚。大约《诗》、《书》、《礼》、《乐》、《春秋》是鲁学，儒家是在鲁地，故孔子与鲁成儒家之中心，今虽不及见汉初六经面目，但六经实是汉初定本。直到宋人才有了考证的工夫，亦能发达古器物学，以证实在，后人反以理学为宋学（其实清朝所谓理学是明朝的官学，即"大全"之学）、以宋学（考订文籍，辨章器物，皆宋人造成之学）为汉学，直使人有"觚不觚"之叹。现在括之曰，儒是鲁学，经是汉定，理学是明官学，考订是宋学。

现在把《史记·儒林列传》抄在下面，并附带解释数处可疑的地方。

太史公曰：余读功令，至于广厉学官之路，未尝不废书而叹也。曰，嗟乎！夫周室衰而《关雎》作，幽厉微而礼乐坏，诸侯恣行，政由强国，故孔子闵王路废而邪道兴，于是论次《诗》、《书》，修起礼乐，适齐闻《韶》，三月不知肉味，自卫返鲁，然后乐正，《雅》、《颂》各得其所（按此处独不举《易》，可知太史公并未见，"加我数年，五十以学《易》"之改文，世家所云，后人窜入无疑也），世以混浊莫能用，是以仲尼干七十余君无所遇，曰，苟有用我者，期月而已矣。西狩获麟，曰，吾道穷矣。故因史记作《春秋》，以当王法，其辞微而指博，后世学者多录焉（持以上之语与《汉书·儒林传》叙比，则知此是汉武时儒者所释孔子与六经之关系，彼是古文学盛行后之说也）。自孔子卒后七十子之徒散游诸侯，大者为师傅卿相，小者友教士大夫，或隐而不见，故子路居卫，子张居陈，澹台子羽居楚，子夏居西河，

135

子贡终于齐,如田子方、段干木、吴起、禽滑釐之属,皆受业于子夏之伦,为王者师。是时独魏文侯好学,后陵迟,以至于始皇(以至于始皇五字衍文也),天下并争于战国,儒术既绌焉,然齐鲁之间,学者独不废也。于威宣之际,孟子荀卿之列,咸遵夫子之业而润色之,以学显于当世。及至秦之季世,焚《诗》、《书》,坑术士(坑术士而谓之坑儒,可知当时术士即儒也。参见《始皇纪》扶苏谏语),六艺从此缺焉(此句当是后来文家所改无疑。《新学伪经考》卷一辩之已详)。陈涉之王也,而鲁诸儒持孔氏之礼器往归陈王,于是孔甲为陈涉博士,卒与涉俱死。陈涉起匹夫,驱瓦合适戍,旬月以王楚,不满半岁竟灭亡,其事至微浅,然而缙绅先生之徒,负孔子礼器,往委质为臣者,何也?以秦焚其业,积怨而发愤于陈王也。及高皇帝诛项籍,举兵围鲁,鲁中诸儒尚讲诵习礼乐,弦歌之音不绝,岂非圣人之遗化,好礼乐之国哉!故孔子在陈,曰,归与归与!吾党之小子狂简,斐然成章,不知所以裁之。夫齐鲁之间于文学,自古以来,其天性也。故汉兴,然后诸儒始得修其经艺,讲习大射乡饮之礼。叔孙通作汉礼仪,因为太常,诸生弟子共定者咸为选首,于是喟然叹兴于学。然尚有干戈,平定四海,亦未暇遑庠序之事也。孝惠吕后时,公卿皆武力有功之臣。孝文时颇征用,然孝文帝本好刑名之言。及至孝景,不任儒者,而窦太后又好黄老之术,故诸博士具官待问,未有进者。及今上即位,赵绾、王臧之属明儒学,而上亦乡之,于是招方正贤良文学之士,自是之后,言《诗》于鲁则申培公,于齐则辕固生,于燕则韩太傅;言《尚书》自济南伏生;言《礼》自鲁高堂生;言《易》自菑川田生;言《春秋》于齐鲁自胡毋生,于赵自董仲舒。及窦太后崩,武安侯田蚡为丞相,绌

第十章 儒林

黄老刑名百家之言，延文学儒者数百人，而公孙弘以《春秋》白衣为天子三公，封以平津侯，天下之学士靡然乡风矣。公孙弘为学官，悼道之郁滞，乃请曰，丞相御史言，制曰，盖闻导民以礼，风之以乐。婚姻者居室之大伦也，今礼废乐崩，朕甚愍焉，故详延天下方正博闻之士，咸登诸朝，其令礼官劝学，讲议洽闻兴礼，以为天下先，太常议，与博士弟子，崇乡里之化，以广贤材焉。谨与太常臧博士平等议曰，闻三代之道，乡里有教，夏曰校，殷曰序，周曰庠。其劝善也，显之朝廷；其惩恶也，加之刑罚。故教化之行也，建首善自京师始，由内及外。今陛下昭至德，开大明，配天地，本人伦，劝学修礼，崇化厉贤，以风四方，太平之原也。古者政教未洽，不备其礼，请因旧官而兴焉。为博士官置弟子五十人，复其身。太常择民年十八已上，仪状端正者，补博士弟子，郡国县道邑有好文学，敬长上，肃政教，顺乡里，出入不悖所闻者，令相长丞上所二千石，二千石谨察可者，当与计偕，诣太常，得受业如弟子，一岁，皆辄试，能通一艺以上，补文学掌故缺；其高第可以为郎中者，太常籍奏。即有秀才异等，辄以名闻，其不事学若下材及不能通一艺，辄罢之，而请诸不称者罚。臣谨案，诏书律令下者，明天人分际，通古今之义，文章尔雅，训辞深厚，恩施甚美，小吏浅闻，不能究宣，无以明布谕下，治礼次，治掌故，以文学礼义为官，迁留滞，请选择其秩比二百石以上，及吏百石通一艺以上。补左右内史，太行卒史，比百石已下，补郡太守卒史，皆各二人，边郡一人，先用诵多者，若不足，乃择掌故补中二千石属，文学掌故补郡属备员。请著功令，佗如律令。制曰：可。自此以来，则公卿大夫士吏斌斌多文学之士矣。申公者，鲁人也，高祖过鲁，申公以弟子从师入见高祖于鲁南宫。吕太后时，申公游学长安，与刘郢同师。已而郢为楚王，令申公傅其太子戊，戊不好学，疾申公。及王郢卒，戊立为楚王，胥靡申公，申公耻之，归鲁，退居家教，终身不出门，复谢绝宾客，独王命召之乃往。弟子自远方至受业者百余人，申公独以《诗经》为训以教，无传疑，疑者则阙不传（此句重复，疑此句是释上文"无传疑"之注，传抄羼入耳）。兰陵王臧既受《诗》，以事孝景帝，为太子少傅，免去。今上初即位，臧乃上书宿卫，上累迁，一岁中为郎中令。及代赵绾，亦尝受诗申公，绾为御史大夫，绾臧请天子欲立明堂，以朝诸侯，不能就其事，乃言师申公，于是天子使使束帛加璧，安车驷马，迎申公，弟子二人乘轺传从。至，见天子，天子问治乱之事，申公时已八十余，老，对曰，为治者不在多言，顾力行何如耳。是时天子方好文词，见申公对，默然；然已招致，则以为太中大夫，舍鲁邸，议明堂事。太皇窦太后好老子言，不说儒术，得赵绾、王臧之过，以让上，上因废明堂事，尽下赵绾、王臧吏，后皆自杀。申公亦疾免以归（此是汉武帝初年一大事，黄老对儒术最后之奋斗也）。数年卒。弟子为博士者十余人，孔安国至临淮太守，周霸至胶西内史，夏宽至城阳内史，砀鲁赐至东海太守，兰陵缪生至长沙内史，徐偃为胶西中尉，邹人阙门庆忌为胶东内史，其治官民皆有廉节，称其好学。学官弟子行虽不备，而至于大夫郎中掌故，以百数。言《诗》虽殊，多本于申公。清河王太傅辕固生者，齐人也，以治《诗》，孝景时为博士，与黄生争论景帝前。黄生曰，汤武非受命，乃弑也。辕固生曰，不然，夫桀纣虐乱，天下之心皆归汤武，汤武与天下之心而诛桀纣，桀纣之民不为之使而归汤武，汤武不而得已立，非受命为何？黄生曰，冠虽敝，必加于首，履虽新，必关于足，何者？

第十章 儒林

上下之分也。今桀纣虽失道，然君上也；汤武虽圣，臣下也。夫主有失行，臣下不能正言匡过以尊天子，反因过而诛之，代立践南面，非弑而何也？辕固生曰，必若所云，是高帝代秦即天子之位非邪？于是景帝曰，食肉不食马肝，不为不知味；言学者无言汤武受命，不为愚。遂罢。是后学者，莫敢明受命放杀者。窦太后好老子书，召辕固生问老子书，固曰，此是家人言耳。太后怒曰，安得司空城旦书乎！乃使固入圈刺豕，景帝知太后怒，而固直言无罪，乃假固利兵，下圈刺豕，正中其心，一刺，豕应手而倒。太后默然，无以复罪，罢之。居顷之，景帝以固为廉直，拜为清河王太傅，久之，病免。今上初即位，复以贤良征固，诸谀儒多疾毁固，曰，固老。罢归之。时固已九十余矣。固之征也，薛人公孙弘亦征，侧目而视固，固曰，公孙子务正学以言，无曲学以阿世！自是之后，齐言《诗》皆本辕固生也。诸齐人以《诗》显贵，皆固之弟子也。韩生者，燕人也，孝文帝时博士，景帝时为常山王太傅。韩生推《诗》之意，而为内、外《传》数万言，其语颇与齐鲁间殊，然其归一也。淮南贲生受之，自是之后，而燕赵间言《诗》者由韩生。孙商为今上博士。伏生者济南人也，故为秦博士，孝文帝时，欲求能治《尚书》者，天下无有，乃闻伏生能治，欲召之。是时伏生年九十余，老，不能行，于是乃诏太常，使掌故朝错往受之。秦时焚书，伏生壁藏之，其后兵大起，流亡。汉定，伏生求其书，亡数十篇，独得二十九篇，即以教于齐鲁之间，学者由是颇能言《尚书》，诸山东大师无不涉《尚书》以教矣。（以上大节，自相矛盾。亡数十篇一说，乃古文说，武帝时儒者以伏生书全，故有二十八宿以拱北辰 [《大誓》]之论。且伏生既以书教于齐鲁之间，奈何又云文帝求治《尚书》者，天下无有？

139

秦焚书，非焚官书，伏生为秦博士，无庸因壁藏而亡数十篇。此段是后来古文学者大改而成，以失其本来面目者也）伏生教济南张生及欧阳生，欧阳生教千乘兒宽，兒宽既通《尚书》，以文学应郡举，诣博士受业，受业孔安国（此五字使上下文不接，其窜入之迹甚显也）。兒宽贫无资用，常为弟子都养，及时时间行佣赁以给衣食，行常带经，止息则诵习之，以试第次补廷尉史。是时张汤方乡学，以为秦谳掾，以古法议决疑大狱，而爱幸宽。宽为人温良，有廉智自持，而善著书书奏，敏于文，口不能发明也。汤以为长者，数称誉之。及汤为御史大夫，以兒宽为掾，荐之天子，天子见问，说之。张汤死后六年，兒宽位至御史大夫，九年而以官卒。宽在三公位，以和良承意，从容得久，然无有所匡谏于官，官属易之，不为尽力。张生亦为博士，而伏生孙以治《尚书》征，不能明也。自此之后，鲁周霸、孔安国、雒阳贾嘉，颇能言《尚书》事，孔氏有《古文尚书》，而安国以今文读之，因以起其家，逸《书》得十余篇，盖《尚书》滋多于是矣（自"自此以后……"至"……滋多于是矣"，全是古文学者所加。既云兒宽受业孔安国。又云兒宽后鲁周霸、孔安国颇能言《尚书》事，自相矛盾至此，且安国是受鲁《诗》者，又早卒，《史记》有明文。安国与《书》关系，与鲁共王、河间献王同是向壁虚造之谈也。康有为、崔适诸君辩之详，兹不述）。诸学者多言礼，而鲁高堂生最本。礼固自孔子时，而其经不具，及至秦焚书，书散亡益多，于今独有《士礼》（此节亦古文家言，汉初年儒者固不承认其独传《士礼》，且叔孙通等，率鲁诸生所为，何尝是士礼？恐高堂生一节，多改删），高堂生能言之。而鲁徐生善为容，孝文帝时，徐生以容为礼官大夫，传子至孙徐延、徐襄，襄其天资善为容，不能通礼经；

第十章 儒林

延颇能，未善也。襄以容为汉礼官大夫，至广陵内史。延及徐氏弟子公户满意、桓生、单次皆尝为汉礼官大夫，而瑕丘萧奋以《礼》为淮阳太守。是后能言《礼》为容者，由徐氏焉。自鲁商瞿受《易》孔子，孔子卒，商瞿传《易》，六世至齐人田何字子庄，而汉兴，田河传东武人王同子仲，子仲传菑川人杨何，何以《易》元光元年征，官至中大夫。齐人即墨成以《易》至城阳相，广川人孟但以《易》为太子门大夫，鲁人周霸，莒人衡胡，临菑人主父偃皆以《易》至二千石，然要言《易》者本于杨何之家。董仲舒，广川人也，以治《春秋》，孝景时为博士，下帷讲诵，弟子传以久，次相受业，或莫见其面，盖三年董仲舒不观于舍园，其精如此。进退容止，非礼不行，学士皆师尊之。今上即位，为江都相，以《春秋》灾异之变，推阴阳所以错行，故求雨闭诸阳纵诸阴，其止雨反是，行之一国，未尝不得其所欲。中废为中大夫，居舍，著灾异之记。是时辽东高庙灾，主父偃疾之，取其书奏之天子，天子召诸生示其书，有刺讥，董仲舒弟子吕步舒不知其师书，以为下愚，于是下董仲舒吏，当死，诏赦之，于是董仲舒竟不敢复言灾异。董仲舒为人廉直，是时方外攘四夷，公孙弘治《春秋》不如董仲舒，而弘希世用事，位至公卿，董仲舒以弘为从谀，弘疾之，乃言上曰，独董仲舒可使相胶西王，胶西王素闻董仲舒有行，亦善待之。董仲舒恐久获罪，疾免居家，至卒，终不治产业，以修学著书为事，故汉兴至于五世之间，唯董仲舒名为明于《春秋》，其传公羊氏也（此六字为下文穀梁张本，太史公只见一种《春秋》，则不知有公羊、穀梁之别也）。胡毋生，齐人也，孝景时为博士，以老归教授，齐之言《春秋》者，多受胡毋生，公孙弘亦颇受焉（按胡毋生一节，三十五字应在董仲舒前，上文"惟董仲舒名为明于《春秋》"，应直接下文，"仲舒弟子遂者……"。其"瑕丘江生为《穀梁春秋》"至"卒用董仲舒"二十五字，是为穀梁学者所加入）。瑕丘江生为《穀梁春秋》。自公孙弘得用，尝集比其义，卒用董仲舒。仲舒弟子遂者，兰陵褚大，广川殷忠，温吕步舒。褚大至梁相，步舒至长史，持节使决淮南狱，于诸侯擅专断不报，以《春秋》之义正之，天子皆以为是。弟子通者至于命大夫，为郎谒者掌故者以百数。而董仲舒子及孙皆以学至大官（自"而董仲舒"下十三字为后人所补，太史公固不及见此也）。

平津丞相的事，关系汉世儒学成为正统者最大，且平津的行品恰是古往今来以《诗》、《书》用世者之代表，而主父偃事既见一种齐人儒学之趋向，又和平津侯传相关连，所以都抄在下面。西汉时齐多相而鲁多师，齐鲁从学的风气固不同。齐士好政治，好阴阳，鲁士谈《诗》、《礼》尚谨。齐人致用而用每随俗，不随俗者每每任才使气，故进而失德则如平津之曲学阿世，退而守德，亦有辕固之面折大君。而申公行事立言，乃真鲁生之情况。大约纯正的儒家，本不能为政治，所以历来所谓"儒相"每每偷偷的用申韩黄老之术，而儒家的修行，亦每每流为形式。虽日日言仁义而曲学阿世者，无时不辈出，观于汉时儒家之毕竟不能致汉于郅治，则儒家效用之局促可知也。

《史记·平津侯主父偃列传》

丞相公孙弘者，齐菑川国薛县人也，字季。少时为薛狱吏，有罪，免。家贫，牧豕海上。年四十余，乃学《春秋》杂说。养后母孝谨。

建元元年，天子初即位，招贤良文学之士。是时弘年六十，征以贤良为博士。使匈奴，还报，不合上意，上怒，以为不能，弘乃病免归。

元光五年，有诏征文学，菑川国复推上公孙弘。弘让谢国人曰："臣已尝西应命，以不能罢归，愿更推选。"国人固推弘，弘至太常。太常令所征儒士各对策，百余人，弘第居下。策奏，天子擢弘对为第一。召入见，状貌甚丽，拜为博士。是时通西南夷道，置郡，巴蜀民苦之，诏使弘视之。还奏事，盛毁西南夷无所用，上不听。

弘为人恢奇多闻，常称以为人主病不广大，人臣病不俭节。弘为布被，食不重肉。后母死，服丧三年。每朝会议，开陈其端，令人主自择，不肯面折庭争。于是天子察其行敦厚，辩论有余，习文法吏事，而又缘饰以儒术，上大说之。二岁中，至左内史。弘奏事，有不可，不庭辩之。尝与主爵都尉汲黯请闲，汲黯先发之，弘推其后，天子常说，所言皆听，以此日益亲贵。尝与公卿约议，至上前，皆倍其约以顺上旨。汲黯庭诘弘曰："齐人多诈而无情实，始与臣等建此议，今皆倍之，不忠。"上问弘。弘谢曰："夫知臣者以臣为忠，不知臣者以臣为不忠。"上然弘言。左右幸臣每毁弘，上益厚遇之。

元朔三年，张欧免，以弘为御史大夫。是时通西南夷，东置沧海，北筑朔方之郡。弘数谏，以为罢敝中国以奉无用之地，愿罢之。于是天子乃使朱买臣等难弘置朔方之便。发十策，弘不得一。弘乃谢曰："山东鄙人，不知其便若是，愿罢西南夷、沧海而专奉朔方。"上乃许之。

汲黯曰："弘位在三公，奉禄甚多，然为布被，此诈也。"上问弘。弘谢曰："有之。夫九卿与臣善者无过黯，然今日庭诘弘，诚中弘之病。夫以三公为布被，诚饰诈欲以钓名。且臣闻管仲相齐，有三归，侈拟于君，桓公以霸，亦上僭于君。晏婴相景公，食不重肉，妾不衣丝，齐国亦治，此下比于民。今臣弘位为御史大夫，而为布被，自九卿以下至于小吏，无差，诚如汲黯言。且无汲黯忠，陛下安得闻此言。"天子以为谦让，愈益厚之。卒以弘为丞相，封平津侯。

弘为人意忌，外宽内深。诸尝与弘有却者，虽详与善，阴报其祸。杀主父偃，徙董仲舒于胶西，皆弘之力也。食一肉脱粟之饭。故人所善宾客，仰衣食，弘奉禄皆以给之，家无所余。士亦以此贤之。

淮南、衡山谋反，治党与方急。弘病甚，自以为无功而封，位至丞相，宜佐明主填抚国家，使人由臣子之道。今诸侯有畔逆之计，此皆宰相奉职不称，恐窃病死，无以塞责。乃上书曰："臣闻天下之通道五，所以行之者三。曰君臣，父子，兄弟，夫妇，长幼之序，此五者天下之通道也。智，仁，勇，此三者天下之通德，所以行之者也。故曰'力行近乎仁，好问近乎智，知耻近乎勇'。知此三者，则知所以自治；知所以自治，然后知所以治人。天下未有不能自治而能治人者也，此百世不易之道也。今陛下躬行大孝，鉴三王，建周道，兼文武，厉贤予禄，量能授官。今臣弘罢驽之质，无汗马之劳，陛下过意擢臣弘卒伍之中，封为列侯，致位三公。臣弘行能不足以称，素有负薪之病，恐先狗马填沟壑，终无以报德塞责。愿归侯印，乞骸骨，避贤者路。"天子报曰："古者赏有功，褒有德，守成尚文，遭遇右武，未有易此者也。朕宿昔庶几获承尊位，惧不能宁，惟所与共为治者，君宜知之。盖君子善善恶恶，君若谨行，常在朕躬。君不幸罹霜露之病，何恙不已，乃上书归侯，乞骸骨，是章朕之不德也。今事少闲，君其省思虑，一精神，辅以医药。"因赐告牛酒杂帛。居数月，病有瘳，视事。

元狩二年，弘病，竟以丞相终。子度嗣为平津侯。度为山阳太守十余岁，坐法失侯。

主父偃者，齐临菑人也。学长短纵横之术，晚乃学《易》、《春秋》、百家言。游齐诸生闲，莫能厚遇也。齐诸儒生相与排摈，不容于齐。家贫，假贷无所得，乃北游燕、赵、中山，皆莫能厚遇，为客甚困。孝武元光元年中，以为诸侯莫足游者，乃西入关见卫将军。卫将军数言上，上不召。资用乏，留久，诸公宾客多厌之，乃上书阙下。朝奏，暮召入见。所言九事，其八事为律令，一事谏伐匈奴。其辞曰：

臣闻明主不恶切谏以博观，忠臣不敢避重诛以直谏，是故事无遗策而功流万世。今臣不敢隐忠避死以效愚计，愿陛下幸赦而少察之。

《司马法》曰："国虽大，好战必亡；天下虽平，忘战必危。"天下既平，天子大凯，春搜秋狝，诸侯春振旅，秋治兵，所以不忘战也。且夫怒者逆德也，兵者凶器也，争者末节也。古之人君一怒必伏尸流血，故圣王重行之。夫务战胜穷武事者，未有不悔者也。昔秦皇帝任战胜之威，蚕食天下，并吞吐战国，海内为一，功齐三代。务胜不休，欲攻匈奴，李斯谏曰："不可。夫匈奴无城郭之居，委积之守，迁徙鸟举，难得而制也。轻兵深入，粮食必绝；踵粮以行，重不及事。得其地不足以为利也，遇其民不可役而守也。胜必杀之，非民父母也。靡獘中国，快心匈奴，非长策也。"秦皇帝不听，遂使蒙恬将兵攻胡，辟地千里，以河为境。地固泽卤，不生五谷。然后发天下丁男以守北河。暴兵露师十有余年,死者不可胜数,终不能逾河而北。是岂人众不足,兵革不备哉?其势不可也。又使天下蜚刍挽粟,起于黄、腄、琅邪负海之郡,转输北河,率三十钟而致一石。男子疾耕不足于粮饷,女子纺织不足于帷幕。百姓靡敝,孤寡老弱不能相养,道路死者相望,盖天下始畔秦也。

及至高皇帝定天下,略地于边,闻匈奴聚于代谷之外而欲击之。御史成进谏曰:"不可。夫匈奴之性,兽聚而鸟散,从之如搏影。今以陛下盛德攻匈奴,臣窃危之。"高帝不听,遂北至于代谷,果有平城之围。高皇帝盖悔之甚,乃使刘敬往结和亲之约,然后天下忘干戈之事。故兵法曰"兴师十万,日费千金"。夫秦常积众暴兵数十万人,虽有覆军杀将系虏单于之功,亦适足以结怨深仇,不足以偿天下之费。夫上虚府库,下敝百姓,甘心于外国,非完事也。夫匈奴难得而制,非一世也。行盗侵驱,所以为业也,天性固然。上及虞夏殷周,固弗程督,禽兽畜之,不属为人。夫上不观虞夏殷周之统,而下循近世之失,此臣之所大忧,百姓之所疾苦也。且夫兵久则变生,事苦则虑易。乃使边境之民獘靡愁苦而有离心,将吏相疑而外市,故尉佗、章邯得以成其私也。夫秦政之所以不行者,权分乎二子,此得失之效也。故《周书》曰"安危在出令,存亡在所用"。愿陛下详察之,少加意而熟虑焉。

是时赵人徐乐、齐人严安俱上书言世务,各一事。徐乐曰:

臣闻天下之患在于土崩,不在于瓦解,古今一也。何谓土崩?秦之末世是也。陈涉无千乘之尊,尺土之地,身非王公大人名族之后,无乡曲之誉,非有孔、墨、曾子之贤,陶朱、猗顿之富也,然起穷巷,奋棘矜,偏袒大呼而天下从风,此其故何也?由民困而主不恤,下怨而上不知,俗已乱而政不脩，此三者陈涉之所以为资也。是之谓土崩。故曰天下之患在于土崩。何谓瓦解？吴、楚、齐、赵之兵是也。七国谋为大逆，号皆称万乘之君，带甲数十万，威足以严其境内，财足以劝其士民，然不能西攘尺寸之地而身为禽于中原者，此其故何也？非权轻于匹夫而兵弱于陈涉也，当是之时，先帝之德泽未衰而安土乐俗之民众，故诸侯无境外之助。此之谓瓦解，故曰天下之患不在瓦解。由是观之，天下诚有土崩之势，虽布衣穷处之士或首恶而危海内，陈涉是也。况三晋之君或存乎！天下虽未有大治也，诚能无土崩之势，虽有强国劲兵不得旋踵而身为禽矣，吴、楚、齐、赵是也。况群臣百姓能为乱乎哉！此二体者，安危之明要也，贤主所留意而深察也。

闲者关东五谷不登，年岁未复，民多穷困，重之以边境之事，推数循理而观之，则民且有不安其处者矣。不安故易动。易动者，土崩之势也。故贤主独观万化之原，明于安危之机，脩之庙堂之上，而销未形之患。其要，期使天下无土崩之势而已矣。故虽有强国劲兵，陛下逐走兽，射蜚鸟，弘游燕之围，淫纵恣之观，极驰骋之乐，自若也。金石丝竹之声不绝于耳，帷帐之私俳优侏儒之笑不乏于前，而天下无宿忧。名何必汤武，俗何必成康！虽然，臣窃以为陛下天然之圣，宽仁之资，而诚以天下为务，则汤武之名不难侔，而成康之俗可复兴也。此二体者立，然后处尊安之实，扬名广誉于当世，亲天下而服四夷，余恩遗德为数世隆，南面负扆摄袂而揖王公，此陛下之所服也。臣闻图王不成，其敝足以安。安则陛下何求而不得，何为而不成，何征而不服乎哉！

严安上书曰：

臣闻周有天下，其治三百余岁，成康其隆也，刑错四十余年而不用。及其衰也，亦三百余岁，故五伯更起。五伯者，常佐天子兴利除害，诛暴禁邪，匡正海内，以尊天子。五伯既没，贤圣莫续，天子孤弱，号令不行。诸侯恣行，强陵弱，众暴寡，田常篡齐，六卿分晋，并为战国，此民之始苦也。于是强国务攻，弱国备守，合从连横，驰车击毂，介胄生虮虱，民无所告愬。

及至秦王，蚕食天下，并吞战国，称号曰皇帝，主海内之政，坏诸侯之城，销其兵，铸以为钟虡，示不复用。元元黎民得免于战国，逢明天子，人人自以为更生。向使秦缓其刑罚，薄赋敛，省繇役，贵仁义，贱权利，上笃厚，下智巧，变风易俗，化于海内，则世世必安矣。秦不行是风而循其故俗，为智巧权利者进，笃厚忠信者退；法严政峻，谄谀者众，日闻其美，意广心轶。欲肆威海外，乃使蒙恬将兵以北攻胡，辟地进境，戍于北河，蜚刍挽粟以随其后。又使尉屠睢将楼船之士南攻百越，使监禄凿渠运粮，深入越，越人遁逃。旷日持久，粮食绝乏，越人击之，秦兵大败。秦乃使尉佗将卒以戍越。当是时，秦祸北构于胡，南挂于越，宿兵无用之地，进而不得退。行十余年，丁男被甲，丁女转输，苦不聊生，自经于道树，死者相望。及秦皇帝崩，天下大叛。陈胜、吴广举陈，武臣、张耳举赵，项梁举吴，田儋举齐，景驹举郢，周市举魏，韩广举燕，穷山通谷豪士并起，不可胜载也。然皆非公侯之后，非长官之吏也。无尺寸之势，起闾巷，杖棘矜，应时而皆动，不谋而俱起，不约而同会，壤长地进，至于霸王，时教使然也。秦贵为天子，富有天下，灭世绝祀者，穷兵之祸也。故周失之弱，秦失之强，不变之患也。

今欲招南夷，朝夜郎，降羌僰，略灭州，建城邑，深入匈奴，燔其茏城，议者美之。此人臣之利也,非天下之长策也。今中国无狗吠之惊,而外累于远方之备,靡敝国家,非所以子民也。行无穷之欲,甘心快意,结怨于匈奴,非所以安边也。祸结而不解,兵休而复起,近者愁苦,远者惊骇,非所以持久也。今天下锻甲砥剑,桥箭累弦,转输运粮,未见休时,此天下之所共忧也。夫兵久而变起,事烦而虑生。今外郡之地或几千里,列城数十,形束壤制,旁胁诸侯,非公室之利也。上观齐晋之所以亡者,公室卑削,六卿大盛也;下观秦之所以灭者,严法刻深,欲大无穷也。今郡守之权,非特六卿之重也;地几千里,非特间巷之资也;甲兵器械,非特棘矜之用也:以遭万世之变,则不可称讳也。

书奏天子,天子召见三人,谓曰:"公等皆安在?何相见之晚也!"于是上乃拜主父偃、徐乐、严安为郎中。偃数见,上疏言事,诏拜偃为谒者,迁为中大夫。一岁中四迁偃。

偃说上曰:"古者诸侯不过百里,强弱之形易制。今诸侯或连城数十,地方千里,缓则骄奢易为淫乱,急则阻其强而合从以逆京师。今以法割削之,则逆节萌起,前日晁错是也。今诸侯子弟或十数,而适嗣代立,余虽骨肉,无尺寸地封,则仁孝之道不宣。愿陛下令诸侯得推恩分子弟,以地侯之。彼人人喜得所愿,上以德施,实分其国,不削而稍弱矣。"于是上从其计。又说上曰:"茂陵初立,天下豪杰并兼之家,乱众之民,皆可徙茂陵,内实京师,外销奸猾,此所谓不诛而害除。"上又从其计。

尊立卫皇后,及发燕王定国阴事,盖偃有功焉。大臣皆畏其口,赂遗累千金。人或说偃曰:"太横矣。"主父曰:"臣结发游学四十余年,身不得遂,亲不以为子，昆弟不收，宾客弃我，我厄日久矣。且丈夫生不五鼎食，死即五鼎烹耳。吾日暮途远，故倒行暴施之。"

偃盛言朔方地肥饶，外阻河，蒙恬城之以逐匈奴，内省转输戍漕，广中国，灭胡之本也。上览其说，下公卿议，皆言不便。公孙弘曰："秦时常发三十万众筑北河，终不可就，已而弃之。"主父偃盛言其便，上竟用主父计，立朔方郡。

元朔二年，主父言齐王内淫佚行僻，上拜主父为齐相。至齐，遍召昆弟宾客，散五百金予之，数之曰："始吾贫时，昆弟不我衣食，宾客不我内门；今吾相齐，诸君迎我或千里。吾与诸君绝矣，毋复入偃之门！"乃使人以王与姊奸事动王，王以为终不得脱罪，恐效燕王论死，乃自杀。有司以闻。

主父始为布衣时，尝游燕、赵，及其贵，发燕事。赵王恐其为国患，欲上书言其阴事，为偃居中，不敢发。及为齐相，出关，即使人上书，告言主父偃受诸侯金，以故诸侯子弟多以得封者。及齐王自杀，上闻大怒，以为主父劫其王令自杀，乃征下吏治。主父服受诸侯金，实不劫王令自杀。上欲勿诛，是时公孙弘为御史大夫，乃言曰："齐王自杀无后，国除为郡，入汉，主父偃本首恶，陛下不诛主父偃，无以谢天下。"乃遂族主父偃。

主父方贵幸时，宾客以千数，及其族死，无一人收者，唯独洨孔车收葬之。天子后闻之，以为孔车长者也。

太史公曰：公孙弘行义虽修，然亦遇时。汉兴八十余年矣，上方乡文学，招俊乂，以广儒墨，弘为举首。主父偃当路，诸公皆誉之，及名败身诛，士争言其恶。悲夫！

第十章 儒林

太皇太后诏大司徒大司空："盖闻治国之道，富民为始；富民之要，在于节俭。《孝经》曰'安上治民，莫善于礼'。'礼，与奢也宁俭'。昔者管仲相齐桓，霸诸侯，有九合一匡之功，而仲尼谓之不知礼，以其奢泰侈拟于君故也。夏禹卑宫室，恶衣服，后圣不循。由此言之，治之盛也，德优矣，莫高于俭。俭化俗民，则尊卑之序得，而骨肉之恩亲，争讼之原息。斯乃家给人足，刑错之本也欤？可不务哉！夫三公者，百寮之率，万民之表也。未有树直表而得曲影者也。孔子不云乎，'子率而正，孰敢不正'。'举善而教不能则劝'。维汉兴以来，股肱宰臣身行俭约，轻财重义，较然著明，未有若故丞相平津侯公孙弘者也。位在丞相而为布被，脱粟之饭，不过一肉。故人所善宾客皆分奉禄以给之，无有所余。诚内自克约而外从制。汲黯诘之，乃闻于朝，此可谓减于制度而可施行者也。德优则行，否则止，与内奢泰而外为诡服以钓虚誉者殊科。以病乞骸骨，孝武皇帝即制曰'赏有功，褒有德，善善恶恶，君宜知之。其省思虑，存精神，辅以医药'。赐告治病，牛酒杂帛。居数月，有瘳，视事。至元狩二年，竟以善终于相位。夫知臣莫若君，此其效也。弘子度嗣爵，后为山阳太守，坐法失侯。夫表德章义，所以率俗厉化，圣王之制，不易之道也。其赐弘后子孙之次当为后者爵关内侯，食邑三百户，征诣公车，上名尚书，朕亲临拜焉。"

班固称曰：公孙弘、卜式、兒宽皆以鸿渐之翼困于燕雀，远迹羊豕之间，非遇其时，焉能致此位乎？是时汉兴六十余载，海内乂安，府库充实，而四夷未宾，制度多阙，上方欲用文武，求之如弗及。始以蒲轮迎枚生，见主父而叹息。群臣慕向，异人并出。卜式试于刍牧，弘羊擢于贾竖，卫青奋于奴仆,日䃅出于降虏,斯亦曩时版筑饭牛之朋矣。汉之得人,于兹为盛。儒雅则公孙弘、董仲舒、兒宽,笃行则石建、石庆,质直则汲黯、卜式,推贤则韩安国、郑当时,定令则赵禹、张汤,文章则司马迁、相如,滑稽则东方朔、枚皋,应对则严助、朱买臣,历数则唐都、落下闳,协律则李延年,运筹则桑弘羊,奉使则张骞、苏武,将帅则卫青、霍去病,受遗则霍光、金日䃅。其余不可胜纪。是以兴造功业,制度遗文,后世莫及。孝宣承统,纂修洪业,亦讲论《六艺》,招选茂异,而萧望之、梁丘贺、夏侯胜、韦玄成、严彭祖、尹更始以儒术进,刘向、王褒以文章显。将相则张安世、赵充国、魏相、邴吉、于定国、杜延年,治民则黄霸、王成、龚遂、郑弘、邵信臣、韩延寿、尹翁归、赵广汉之属,皆有功迹见述于后。累其名臣,亦其次也。

附董仲舒《元年举贤良对策》

武帝即位,举贤良文学之士前后百数,而仲舒以贤良对策焉。

制曰:朕获承至尊休德,传之亡穷,而施之罔极,任大而守重,是以夙夜不皇康宁,永惟万事之统,犹惧有阙。故广延四方之豪俊,郡国诸侯公选贤良修洁博习之士,欲闻大道之要,至论之极。今子大夫褎然为举首,朕甚嘉之。子大夫其精心致思,朕垂听而问焉。

盖闻五帝三王之道,改制作乐而天下洽和,百王同之。当虞氏之乐莫盛于《韶》,于周莫盛于《勺》。圣王已没,钟鼓管弦之声未衰,而大道微缺,陵夷至虖桀纣之行,王道大坏矣。夫五百年之间,守文之君,当涂之士,欲则先王之法以戴翼其世者甚众,然犹不能反,日以仆灭,至后王而后止,岂其所持操或悖缪而失其统与?固天降命不可复反,必推之于大衰而后息与?

乌虖！凡所为屑屑，夙兴夜寐，务法上古者，又将无补与？三代受命，其符安在？灾异之变，何缘而起？性命之情，或夭或寿，或仁或鄙，习闻其号，未烛厥理。伊欲风流而令行，刑轻而奸改，百姓和乐，政事宣昭，何修何饬而膏露降，百谷登，德润四海，泽臻草木，三光全，寒暑平，受天之祜，享鬼神之灵，德泽洋溢，施虖方外，延及群生？

子大夫明先圣之业，习俗化之变，终始之序，讲闻高谊之日久矣，其明以谕朕。科别其条，勿猥勿并，取之于术，慎其所出。乃其不正不直，不忠不极，枉于执事，书之不泄，兴于朕躬，毋悼后害。子大夫其尽心，靡有所隐，朕将亲览焉。

仲舒对曰：

陛下发德音，下明诏，求天命与情性，皆非愚臣之所能及也。臣谨案《春秋》之中，视前世已行之事，以观天人相与之际，甚可畏也。国家将有失道之败，而天乃先出灾害以谴告之，不知自省，又出怪异以警惧之，尚不知变，而伤败乃至。以此见天心之仁爱人君而欲止其乱也。自非大亡道之世者，天尽欲扶持而全安之，事在强勉而已矣。强勉学问，则闻见博而知益明；强勉行道，则德日起而大有功：此皆可使还至而有效者也。《诗》曰"夙夜匪解"，《书》云"茂哉茂哉！"皆强勉之谓也。

道者，所繇适于治之路也，仁义礼乐皆其具也。故圣王已没，而子孙长久安宁数百岁，此皆礼乐教化之功也。王者未作乐之时，乃用先王之乐宜于世者，而以深入教化于民。教化之情不得，雅颂之乐不成，故王者功成作乐，乐其德也。乐者，所以变民风，化民俗也；其变民也易，其化人也著。故声发于和而本于情，接于肌肤，臧于骨髓。故王道虽微缺，而管弦之声未衰也。

夫虞氏之不为政久矣，然而乐颂遗风犹有存者，是以孔子在齐而闻《韶》也。夫人君莫不欲安存而恶危亡，然而政乱国危者甚众，所任者非其人，而所繇者非其道，是以政日以仆灭也。夫周道衰于幽厉，非道亡也，幽厉不繇也。至于宣王，思昔先王之德，兴滞补弊，明文武之功业，周道粲然复兴，诗人美之而作，上天祐之，为生贤佐，后世称诵，至今不绝。此夙夜不解行善之所致也。孔子曰"人能弘道，非道弘人"也。故治乱废兴在于己，非天降命不可得反，其所操持悖谬失其统也。

臣闻天之所大奉使之王者，必有非人力所能致而自至者，此受命之符也。天下之人同心归之，若归父母，故天瑞应诚而至。《书》曰"白鱼入于王舟，有火复于王屋，流为鸟"，此盖受命之符也。周公曰"复哉复哉"，孔子曰"德不孤，必有邻"，皆积善累德之效也。及至后世，淫佚衰微，不能统理群生，诸侯背畔，残贼良民以争壤土，废德教而任刑罚。刑罚不中，则生邪气；邪气积于下，怨恶畜于上。上下不和，则阴阳缪戾而妖孽生矣。此灾异所缘而起也。

臣闻命者天之令也，性者生之质也，情者人之欲也。或夭或寿，或仁或鄙，陶冶而成之，不能粹美，有治乱之所生，故不齐也。孔子曰："君子之德风，小人之德草，草上之风必偃。"故尧舜行德则民仁寿，桀纣行暴则民鄙夭。夫上之化下，下之从上，犹泥之在钧，唯甄者之所为；犹金之在镕，唯冶者之所铸。"绥之斯徕，动之斯和"，此之谓也。

臣谨按《春秋》之文，求王道之端，得之于正。正次王，王次春。春者，天之所为也；正者，王之所为也。其意曰，上承天之所为，而下以正其所为，正王道之端云尔。然则王者欲有所为，宜求其端于天。天道之大者在阴阳。

第十章 儒林

阳为德，阴为刑；刑主杀而德主生。是故阳常居大夏，而以生育养长为事；阴常居大冬，而积于空虚不用之处。以此见天之任德不任刑也。天使阳出布施于上而主岁功，使阴入伏于下而时出佐阳；阳不得阴之助，亦不能独成岁。终阳以成岁为名，此天意也。王者承天意以从事，故任德教而不任刑。刑者不可任以治世，犹阴之不可任以成岁也。为政而任刑，不顺于天，故先王莫之肯为也。今废先王德教之官，而独任执法之吏治民，毋乃任刑之意与！孔子曰："不教而诛谓之虐。"虐政用于下，而欲德教之被四海，故难成也。

臣谨按《春秋》谓一元之意，一者万物之所从始也，元者辞之所谓大也。谓一为元者，视大始而欲正本也。《春秋》深探其本，而反自贵者始。故为人君者，正心以正朝廷，正朝廷以正百官，正百官以正万民，正万民以正四方。四方正，远近莫敢不一于正，而亡有邪气奸其间者。是以阴阳调而风雨时，群生和而万民殖，五谷孰而草木茂，天地之间被润泽而大丰美，四海之内闻盛德而皆徕臣，诸福之物，可致之祥，莫不毕至，而王道终矣。

孔子曰："凤鸟不至，河不出图，吾已矣夫！"自悲可致此物，而身卑贱不得致也。今陛下贵为天子，富有四海，居得致之位，操可致之势，又有能致之资，行高而恩厚，知明而意美，爱民而好士，可谓谊主矣。然而天地未应而美祥莫至者，何也？凡以教化不立而万民不正也。夫万民之从利也，如水之走下，不以教化堤防之，不能止也。是故教化立而奸邪皆止者，其堤防完也；教化废而奸邪并出，刑罚不能胜者，其堤防坏也。古之王者明于此，是故南面而治天下，莫不以教化为大务。立大学以教于国，设庠序以化于邑，渐民以仁，摩民以谊，节民以礼，故其刑罚甚轻而禁不犯者，教化行而习俗美也。

圣王之继乱世也，扫除其迹而悉去之，复修教化而崇起之。教化已明，习俗已成，子孙循之，行五六百岁尚未败也。至周之末世，大为亡道，以失天下。秦继其后，独不能改，又益甚之，重禁文学，不得挟书，弃捐礼谊而恶闻之，其心欲尽灭先王之道，而颛为自恣苟简之治，故立为天子十四岁而国破亡矣。自古以来，未尝有以乱济乱，大败天下之民如秦者也。其遗毒余烈，至今未灭，使习俗薄恶，人民嚚顽，抵冒殊扞，孰烂如此之甚者也。孔子曰："腐朽之木不可雕也；粪土之墙不可圬也。"今汉继秦之后，如朽木粪墙矣，虽欲善治之，亡可奈何。法出而奸生，令下而诈起，如以汤止沸，抱薪救火，愈甚亡益也。窃譬之琴瑟不调，甚者必解而更张之，乃可鼓也；为政而不行，甚者必变而更化之，乃可理也。当更张而不更张，虽有良工不能善调也；当更化而不更化，虽有大贤不能善治也。故汉得天下以来，常欲善治而至今不可善治者，失之于当更化而不更化也。古人有言曰："临渊羡鱼，不如退而结网。今临政而愿治七十余岁矣，不如退而更化；更化则可善治，善治则灾害日去，福禄日来。《诗》云："宜民宜人，受禄于天。"为政而宜于民者，固当受禄于天。夫仁谊礼知信五常之道，王者所当修饬也；五者修饬，故受天之祐，而享鬼神之灵，德施于方外，延及群生也。

天子览其对而异焉，乃复册之曰：

制曰：盖闻虞舜之时，游于岩郎之上，垂拱无为，而天下太平。周文王至于日昃不暇食，而宇内亦治。夫帝王之道，岂不同条共贯与？何逸劳之殊也？

盖俭者不造玄黄旌旗之饰。及至周室，设两观，乘大路，朱干玉戚，八佾陈于庭，而颂声兴。夫帝王之道岂异指哉？或曰良玉不瑑，又曰非文无以辅德，二端异焉。

第十章 儒林

殷人执五刑以督奸，伤肌肤以惩恶。成康不式，四十余年天下不犯，囹圄空虚。秦国用之，死者甚众，刑者相望，耗矣哀哉！

乌虖！朕夙寤晨兴，惟前帝王之宪，永思所以奉至尊，章洪业，皆在力本任贤。今朕亲耕藉田以为农先，劝孝弟，崇有德，使者冠盖相望，问勤劳，恤孤独，尽思极神，功烈休德未始云获也。今阴阳错缪，氛气充塞，群生寡遂，黎民未济，廉耻贸乱，贤不肖浑殽，未得其真，故详延特起之士，庶几乎！今子大夫待诏百有余人，或道世务而未济，稽诸上古之不同，考之于今而难行，毋乃牵于文系而不得骋与？将所繇异术，所闻殊方与？各悉对，著于篇，毋讳有司。明其指略，切磋究之，以称朕意。

仲舒对曰：

臣闻尧受命，以天下为忧，而未以位为乐也，故诛逐乱臣，务求贤圣，是以得舜、禹、稷、卨、咎繇。众圣辅德，贤能佐职，教化大行，天下和洽，万民皆安仁乐谊，各得其宜，动作应礼，从容中道。故孔子曰"如有王者，必世而后仁"，此之谓也。尧在位七十载，乃逊于位以禅虞舜。尧崩，天下不归尧子丹朱而归舜。舜知不可辟，乃即天子之位，以禹为相，因尧之辅佐，继其统业，是以垂拱无为而天下治。孔子曰"《韶》尽美矣，又尽善矣，此之谓也。至于殷纣，逆天暴物，杀戮贤知，残贼百姓。伯夷、太公皆当世贤者，隐处而不为臣。守职之人皆奔走逃亡，入于河海。天下耗乱，万民不安，故天下去殷而从周。文王顺天理物，师用贤圣，是以闳夭、大颠、散宜生等亦聚于朝廷。爱施兆民，天下归之，故太公起海滨而即三公也。当此之时，纣尚在上，尊卑昏乱，百姓散亡，故文王悼痛而欲安之，是以日昃而不暇食也。孔子作《春秋》，先正王而系万事，见素王之文焉。繇此观之，帝王之条贯同,然而劳逸异者,所遇之时异也。孔子曰"《武》尽美矣,未尽善也",此之谓也。

臣闻制度文采玄黄之饰,所以明尊卑,异贵贱,而劝有德也。故《春秋》受命所先制者,改正朔,易服色,所以应天也。然则宫室旌旗之制,有法而然者也。故孔子曰:"奢则不逊,俭则固。"俭非圣人之中制也。臣闻良玉不瑑,资质润美,不待刻瑑,此亡异于达巷党人不学而自知也。然则常玉不瑑,不成文章;君子不学,不成其德。

臣闻圣王之治天下也,少则习之学,长则材诸位,爵禄以养其德,刑罚以威其恶,故民晓于礼谊而耻犯其上。武王行大谊,平残贼,周公作礼乐以文之,至于成康之隆,囹圄空虚四十余年,此亦教化之渐而仁谊之流,非独伤肌肤之效也。至秦则不然。师申商之法,行韩非之说,憎帝王之道,以贪狼为俗,非有文德以教训于下也。诛名而不察实,为善者不必免,而犯恶者未必刑也。是以百官皆饰虚辞而不顾实,外有事君之礼,内有背上之心,造伪饰诈,趣利无耻;又好用憯酷之吏,赋敛亡度,竭民财力,百姓散亡,不得从耕织之业,群盗并起。是以刑者甚众,死者相望,而奸不息,俗化使然也。故孔子曰"导之以政,齐之以刑,民免而无耻",此之谓也。

今陛下并有天下,海内莫不率服,广览兼听,极群下之知,尽天下之美,至德昭然,施于方外。夜郎、康居,殊方万里,说德归谊,此太平之致也。然而功不加于百姓者,殆王心未加焉。曾子曰:"尊其所闻,则高明矣;行其所知,则光大矣。高明光大,不在于它,在乎加之意而已。"愿陛下因用所闻,设诚于内而致行之,则三王何异哉!

陛下亲耕藉田以为农先,夙寤晨兴,忧劳万民,思惟往古,而务以求贤,此亦尧舜之用心也，然而未云获者，士素不厉也。夫不素养士而欲求贤，譬犹不琢玉而求文采也。故养士之大者，莫大虖太学；太学者，贤士之所关也，教化之本原也。今以一郡一国之众，对亡应书者，是王道往往而绝也。臣愿陛下兴太学，置明师，以养天下之士，数考问以尽其材，则英俊宜可得矣。今之郡守、县令，民之师帅，所使承流而宣化也；故师帅不贤，则主德不宣，恩泽不流。今吏既亡教训于下，或不承用主上之法，暴虐百姓，与奸为市，贫穷孤弱，冤苦失职，甚不称陛下之意。是以阴阳错缪，氛气充塞，群生寡遂，黎民未济，皆长吏不明，使至于此也。

夫长吏多出于郎中、中郎，吏二千石子弟选郎吏，又以富訾，未必贤也。且古所谓功者，以任官称职为差，非谓积日累久也。故小材虽累日，不离于小官；贤材虽未久，不害为辅佐。是以有司竭力尽知，务治其业而以赴功。今则不然。累日以取贵，积久以致官，是以廉耻贸乱，贤不肖浑殽，未得其真。臣愚以为使诸列侯、郡守、二千石各择其吏民之贤者，岁贡各二人以给宿卫，且以观大臣之能；所贡贤者有赏，所贡不肖者有罚。夫如是，诸侯、吏二千石皆尽心于求贤，天下之士可得而官使也。遍得天下之贤人，则三王之盛易为，而尧舜之名可及也。毋以日月为功，实试贤能为上，量材而授官，录德而定位，则廉耻殊路，贤不肖异处矣。陛下加惠，宽臣之罪，令勿牵制于文，使得切磋究之，臣敢不尽愚！

于是天子复册之。

制曰：盖闻"善言天者必有征于人，善言古者必有验于今"。故朕垂问乎天人之应，上嘉唐虞，下悼桀纣，浸微浸灭浸明浸昌之道，虚心以改。今子大夫明于阴阳所以造化，习于先圣之道业，然而文采未极，岂惑虖当世之务哉？条贯靡竟，统纪未终，意朕之不明与？听若眩与？夫三王之教所祖不同，而皆有失，或谓久而不易者道也，意岂异哉？今子大夫既已著大道之极，陈治乱之端矣，其悉之究之，孰之复之。诗不云虖？"嗟尔君子，毋常安息，神之听之，介尔景福。"朕将亲览焉，子大夫其茂明之。

仲舒复对曰：

臣闻《论语》曰："有始有卒者，其唯圣人虖！"今陛下幸加惠，留听于承学之臣，复下明册，以切其意，而究尽圣德，非愚臣之所能具也。前所上对，条贯靡竟，统纪不终，辞不别白，指不分明，此臣浅陋之罪也。

册曰："善言天者必有征于人，善言古者必有验于今。"臣闻天者群物之祖也，故遍覆包函而无所殊，建日月风雨以和之，经阴阳寒暑以成之。故圣人法天而立道，亦溥爱而亡私，布德施仁以厚之，设谊立礼以导之。春者天之所以生也，仁者君之所以爱也；夏者天之所以长也，德者君之所以养也；霜者天之所以杀也，刑者君之所以罚也。繇此言之，天人之征，古今之道也。孔子作《春秋》，上揆之天道，下质诸人情，参之于古，考之于今。故《春秋》之所讥，灾害之所加也；《春秋》之所恶，怪异之所施也。书邦家之过，兼灾异之变，以此见人之所为，其美恶之极，乃与天地流通而往来相应，此亦言天之一端也。古者修教训之官，务以德善化民，民已大化之后，天下常亡一人之狱矣。今世废而不修，亡以化民，民以故弃行谊而死财利，是以犯法而罪多，一岁之狱以万千数。以此见古之不可不用也，故《春秋》变古则讥之。天令之谓命，命非圣人不行；质朴之谓性，性非教化不成；人欲之谓情，情非度制不节。是故王者上谨于承天意，以顺命也；下务明教化民，以成性也；正法度之宜，别上下之序，以防欲也：修此三者，而大本举

第十章 儒林

矣。人受命于天，固超然异于群生，入有父子兄弟之亲，出有君臣上下之谊，会聚相遇，则有耆老长幼之施；粲然有文以相接，驩然有恩以相爱，此人之所以贵也。生五谷以食之，桑麻以衣之，六畜以养之，服牛乘马，圈豹槛虎，是其得天之灵，贵于物也。故孔子曰："天地之性人为贵。"明于天性，知自贵于物；知自贵于物，然后知仁谊；知仁谊，然后重礼节；重礼节，然后安处善；安处善，然后乐循理；乐循理，然后谓之君子。故孔子曰"不知命，亡以为君子"，此之谓也。

册曰："上嘉唐虞，下悼桀纣，浸征浸灭浸明浸昌之道，虚心以改。"臣闻众少成多，积小致巨，故圣人莫不以暗致明，以微致显。是以尧发于诸侯，舜兴虖深山，非一日而显也，盖有渐以致之矣。言出于己，不可塞也；行发于身，不可掩也。言行，治之大者，君子之所以动天地也。故尽小者大，慎微者著《诗》云："惟此文王，小心翼翼。"故尧兢兢日行其道，而舜业业日致其孝，善积而名显，德章而身尊，此其浸明浸昌之道也。积善在身，犹长日加益，而人不知也；积恶在身，犹火之销膏，而人不见也。非明虖情性察虖流俗者，孰能知之？此唐虞之所以得令名，而桀纣之可为悼惧者也。夫善恶之相从，如景乡之应形声也。故桀纣暴谩，谗贼并进，贤知隐伏，恶日显，国日乱，晏然自以如日在天，终陵夷而大坏。夫暴逆不仁者，非一日而亡也，亦以渐至，故桀、纣虽亡道，然犹享国十余年，此其浸微浸灭之道也。

册曰："三王之教所祖不同，而皆有失，或谓久而不易者道也，意岂异哉？"臣闻夫乐而不乱复而不厌者谓之道；道者万世亡弊，弊者道之失也。先王之道必有偏而不起之处，故政有眊而不行，举其偏者以补其弊而已矣。三王之道所祖不同，非其相反，将以救溢扶衰，所遭之变然也。故孔子曰："亡为而治者，其舜虖！"改正朔，易服色，以顺天命而已；其余尽循尧道，何更为哉！故王者有改制之名，亡变道之实。然夏上忠，殷上敬，周上文者，所继之救，当用此也。孔子曰："殷因于夏礼，所损益可知也；周因于殷礼，所损益可知也；其或继周者，虽百世可知也。"此言百王之用，以此三者矣。夏因于虞，而独不言所损益者，其道如一而所上同也。道之大原出于天，天不变，道亦不变，是以禹继舜，舜继尧，三圣相受而守一道，亡救弊之政也，故不言其所损益也。繇是观之，继治世者其道同，继乱世者其道变。今汉继大乱之后，若宜少损周之文致，用夏之忠者。

陛下有明德嘉道，愍世俗之靡薄，悼王道之不昭，故举贤良方正之士，论议考问，将欲兴仁谊之休德，明帝王之法制，建太平之道也。臣愚不肖，述所闻，诵所学，道师之言，廑能勿失耳。若乃论政事之得失，察天下之息耗，此大臣辅佐之职，三公九卿之任，非臣仲舒所能及也。然而臣窃有怪者。夫古之天下亦今之天下，今之天下亦古之天下，共是天下，古以大治，上下和睦，习俗美盛，不令而行，不禁而止，吏亡奸邪，民亡盗贼，囹圄空虚，德润草木，泽被四海，凤皇来集，麒麟来游，以古准今，一何不相逮之远也！安所缪戾而陵夷若是？意者有所失于古之道与？有所诡于天之理与？试迹之于古，返之于天，党可得见乎。

夫天亦有所分予，予之齿者去其角，傅其翼者两其足，是所受大者不得取小也。古之所予禄者，不食于力，不动于末，是亦受大者不得取小，与天同意者也。夫已受大，又取小，天不能足，而况人乎！此民之所以嚣嚣苦不足也。身宠而载高位，家温而食厚禄，因乘富贵之资力，以与民争利于下，民安能如之哉！是故众其奴婢，多其牛羊，广其田宅，博其产业，畜其积委，务此而亡已,以迫蹴民,民日削月朘,浸以大穷。富者奢侈羡溢,贫者穷急愁苦;穷急愁苦而上不救,则民不乐生;民不乐生,尚不避死,安能避罪!此刑罚之所以蕃而奸邪不可胜者也。故受禄之家,食禄而已,不与民争业,然后利可均布,而民可家足。此上天之理,而亦太古之道,天子之所宜法以为制,大夫之所当循以为行也。故公仪子相鲁,之其家见织帛,怒而出其妻,食于舍而茹葵,愠而拔其葵,曰:"吾已食禄,又夺园夫红女利虖!"古之贤人君子在列位者皆如是,是故下高其行而从其教,民化其廉而不贪鄙。及至周室之衰,其卿大夫缓于谊而急于利,亡推让之风而有争田之讼。故诗人疾而刺之,曰:"节彼南山,惟石岩岩,赫赫师尹,民具尔瞻。"尔好谊,则民乡仁而俗善;尔好利,则民好邪而俗败。由是观之,天子大夫者,下民之所视效,远方之所四面而内望也。近者视而放之,远者望而效之,岂可以居贤人之位而为庶人行哉!夫皇皇求财利常恐乏匮者,庶人之意也;皇皇求仁义常恐不能化民者,大夫之意也。《易》曰:"负且乘,致寇至。"乘车者君子之位也,负担者小人之事也,此言居君子之位而为庶人之行者,其患祸必至也。若居君子之位,当君子之行,则舍公仪休之相鲁,亡可为者矣。

《春秋》大一统者,天地之常经,古今之通谊也。今师异道,人异论,百家殊方,指意不同,是以上亡以持一统;法制数变,下不知所守。臣愚以为诸不在六艺之科孔子之术者,皆绝其道,勿使并进。邪辟之说灭息,然后统纪可一而法度可明,民知所从矣。

第十一章 五言诗之起源

四言诗起源之踪迹可以追寻者甚微,因《诗经》以前没有关于韵文的记载遗留及我们,而四言到了西周晚年,体制已经很完整了。五言在这一节上的情形稍好些,因五言起在汉时,我们得见的记载多了。七言更后,所以他的起源更可以看得显明些。至于词和曲的起源,可以有很细密的研究,其中有些调儿也许是受外国乐及乐歌的影响,有些名字先已引人这么想的,如菩萨蛮、甘州乐之类;不过这一类的工作现还未开始。作这种研究也不容易。将来却一定有很多知识得到的(中国文学研究中许地山君《论中国歌剧与梵乐关系》一文,即示人此等问题所在,甚值得一看)。这本来是文学史上最重要的问题,只可惜现在研究词曲及他样韵文体裁的人没有注意到这些上。

我们于论五言诗起源之前,先辨明两种传说之不当。

第一节 论五言不起于枚乘

辨这些问题应以下列四书作参考,一《文心雕龙》,二《诗品》,三《文选》,四《玉台新咏》(《文章缘起》题任昉撰,然实后人书也,故不举列)。

《文心雕龙》云:

汉初四言,韦孟首唱,匡谏之义,继轨周人,孝武爱文,柏梁列韵(按:

《柏梁》亦伪诗,亭林以来辩之详矣)。严、马之徒,属辞无方。至成帝品录三百余篇,朝章国采,亦云周备,而辞人遗翰,莫见五言。所以李陵、班婕妤见疑于后代也。

《诗品》云:

逮汉李陵,始著五言之目矣。古诗眇邈,人世难详,推其文体,固是炎汉之制,非衰周之倡也。自王、扬、枚、马之徒,辞赋竞爽,而吟咏靡闻。从李都尉迄班婕妤,将百年间。有妇人焉,一人而已。

《文选》尚无所谓枚乘诗,只有苏武、李陵诗,《玉台新咏》所加之枚乘者,《文选》列入无名氏古诗中。《玉台新咏》除《结发为夫妇》一首与《文选》一样归之苏属国外,所谓李陵诗不见,所谓李陵诗在性质上固然不属《玉台新咏》一格。

比核上列的四说,显然可见五言诗起于枚乘之说实在作俑于徐陵或他同时的人。昭明太子于孝穆为前辈,尚不取此说。自《文心雕龙》明言,"至成帝品录三百余篇",辞人"莫见五言";枚为辞人(即赋家),是枚乘作五言一说,齐人刘彦和尚不闻不见(彦和实齐人,卒于梁代耳)。而钟君《诗品》又明明说枚与他人仅"辞赋竞爽而吟咏靡闻"。徐陵去枚时已七百年,断无七百年间不谈不闻的事,乃七百年后反而为人知道的(若以充分的材料作考证,乃另是一回事)。且直到齐梁尚无枚乘作诗之说,《雕龙》、《诗品》可以为证,是此说不特于事实无当,又且是一个很后之说。这一说本不够成一个严重的问题,我们不必多辩了。

第二节　论五言诗不起于李陵

比上一说历史较长根据较多的，是李陵创五言之一说。这一说始于甚么时代，我们也很难考，不过班孟坚作《汉书》，大家补成的时候，还没有这一说(可看《李陵传》)。建安黄初时代有没有这一说我们也没有记载可考，而齐梁间人对这还是将信将疑的。所以刘彦和说"李陵、班婕妤见疑于后代"。

我们不信五言起于李陵一说有好几层理由。(一)《汉书》记载苏、李事甚详，独无李陵制五言诗一说，在别处也无五言诗起源之记载。(二)自李陵至东汉中世，时将二百年，为人指为曾作五言者，只有苏武、李陵、班婕妤、傅毅数人，直到汉末然后一时大兴，如五言已始于李都尉，则建安以前，苏、李以后，不应那样零落。(三)现存五言乐府古诗无丝毫为西汉之痕迹，而"游戏宛与落"为人指为枚乘作者，明明是东京(玉衡指孟冬一句，为人指为西汉之口实，其实此种指证，与法国海军官兵某以"日中星火"证《尧典》为真，同一荒唐)。(四)汉武昭宣时，楚调余声未沫，此种绝整齐之五言体恐未能成熟产生。(五)最有力之反证，即《汉书》实载李陵别苏武歌，仍是楚节，而非五言，(六)试取《文选》所指为苏、李赠答诗者一看，皆是别妻之调，无一句与苏、李情景合。如"俯视江汉流"明明不是塞北的话。

不过李都尉成了五言诗的创作者一个传说也有他由来的道理。鸣沙山石室发见文卷中就存巴黎之一部分而论，什七八为佛经及其他外国文籍，中国自著文籍不过什之一，而其中已有关于苏、李故事者四五篇(记忆如此，不获据目录校之)，可见李陵的故事在唐五代还是在民间很流行的。现在虽然

第十一章 五言诗之起源

这李陵的传说在民间已死了,而京调中的"杨老令公碰死在李陵碑"一切层次,尚且和李陵一生的关节相合,若杨四郎"在北国招了驸马"等等,又很像李陵,大约这个杨家故事,即是李家故事到了宋后改名换姓的(一种故事的这样变法甚常见)。李陵故事流传之长久及普遍,至今可以想见,而就这物事为题目的文学出产品,当然不少的(一个民间故事,即是一个民间文学出产品)。即如苏、李往来书,敦煌石室出了好几首,其中有一个苏武是大骂李陵(已是故事的伦理化)。有一条骂他智不如孙权。这样的文章自然不是萧统及他的参订学士大夫所取的,所以《文选》里仅仅有"子卿足下勤宣令德……"一文。这篇文极多的人爱他,却只有几个人说他,也许是李陵作的。大约自汉以及六朝,民间传说李陵、苏武的故事时,有些歌调,咏叙这事,如秦罗敷;有些话言,作为由他自己出,如秦嘉妇。汉末乐府属于相和清商等者,本来多这样,所以当时必有很多李陵的诗,苏武的诗,如平话中的"有诗为证"。《水浒传》中(原来也只是一种平话)宋江的题诗,宣和遗事的宋太宗诗,一个道理。如果这段故事敷衍得长了,也许吸收若干当时民间的歌调,而成一段一段的状态,所以无名氏的别妻诗成了苏武的别妻诗。这些诗靠这借用的故事流传,后来的学士们爱他,遂又从故事中抽出,而真个成了苏武的诗。此外很显出故事性质的苏李诗,因为文采不艳,只在民间流行,久而丧失。原来古代的文人学士本不了解民间故事及歌曲的性质,看见李陵故事里有作为李陵口气的五言诗,遂以为李陵作五言诗;但最初也只是将信将疑,后来传久了,然后增加了这一说的威权。

何以李陵故事这样流行,也有一层道理,即李陵的一生纵使不加文饰,也是一段可泣可咏的事实。李氏本是陇西士族,当时士大夫之望,不幸李广那样"数奇",以不愿对簿而自杀。李陵少年又为甚多人器许,武帝爱他,司马迁那样称赞他:"事亲孝,与士信,恭俭下人,常思奋不顾身,以赴国家之急。"在当时的士人看去,李陵比当时由佞幸倡优出身的大将,如卫青、霍去病、李广利,不可同年语的。偏偏遭际那样不巧,至于"陇西士大夫以李氏为愧"。而李降虏后,还是一个有声色有意气的人。有这样的情形,自然可以成一种故事的题目。苏属国是个完节的人,是个坚忍而无甚声采的人,拿他和李君亲起来,尤其使这故事有声色。天然造成的一个故事资料,所以便如此成就了。

东汉的故事现在只可于支支节节的遗文之中认识他的题目,如杞梁妻(《饮马长城窟行》属之)、秦罗敷(秋胡是其变说。秦嘉故事或亦是其中一节,将秦嘉为男子,遂为秦妇造徐淑之名)、李陵苏武、赵飞燕(班婕妤故事大约附在内)、王昭君等,多半有歌词传到现在。其中必有若干的好文学,可惜现在不见了。

第三节 论五言不起一人

然则五言是谁创的?曰,这个问题不应这样说法,某一人创造某一体一种话,都由于以前人不明白文体是一种的有机体,自然生成,以渐生成,不是凭空创造的,然后说出。诚然,古来文人卖弄字句的体裁,如"连珠",最近代印刷术大发达后的出版界中文体,如"自由诗",都可由一个文人创造，但这样的事都是以不能通行于一般社会的体裁为限，都不能成文学上的一个大风气（即使有人凭空创了，到底不能缘势通行）。所有文学史上的大体裁，并不以中国为限，都是民众经过若干时期造成的，在散文尚且如此（中国近代之白话小说出于平话，《水浒传奇》等，尚经数百年在民众中之变迁而成今体，西洋之 Romance 字义先带地方人民性，不待说，即 novel，渊源上亦经若干世之演化，流变上亦经若干人之修改，然后成近体也）。何况韵文，何况凭传于民间歌乐的诗？所以五言、七言、词等，其来都很渐，都是在历史上先露若干端绪，慢慢的一步一步出现，从没有忽然一下子出来，前无渊源，顿成大体的。果然有人问五言是何时何人创的，我们只好回答他，五言是汉朝的民间出产品，若干时代渐渐成就的出产品。

五言在汉时慢慢出来有痕迹可见吗？曰：现在可见的西汉歌词中（可靠的书籍所记载，并可确知其为西汉者）。没有一篇完全五言的，只存下列三诗有一个向五言演化的趋势。

一、《戚夫人歌》(见《汉书·外戚传》)

子为王，母为虏。终日舂薄暮，常与死为伍。相离三千里，当谁使告女。

(三、三、五、五、五、五)

二、《李延年歌》(见《汉书·外戚传》)

北方有佳人，绝世而独立。一顾倾人城，再顾倾人国。宁不知倾城与倾国，佳人难再得！

(五、五、五、五、八、五)

(《玉台新咏》已将第五句改成五言，遂为一完全五言诗矣)。

三、《杨恽歌》(见《汉书·杨恽传》)

田彼南山，芜秽不治。种一顷豆，化而为萁。人生行乐耳，须富贵几时？

(四、四、四、四、五、五)

这三篇都不是楚调。戚姬，定陶人；定陶属济阴郡，济阴地在战国末虽邻于楚之北疆，然楚文化当不及此。李延年，中山人。杨恽则明言"家本秦也，能为秦声；妇赵女也，雅善鼓瑟"。故他这歌非秦即赵。我们不能断定西汉时没有一篇整齐的五言诗(《困学纪闻》所引《虞姬歌》自不可据)。但若果多了，当不至于一首不遗留到现在，只见这三首有五言的趋向之诗。那么，五言在西汉只有含蓄在非楚调的杂言中，逐渐有就整齐成五言的趋向，纵使这一类之中偶然有全篇的五言，在当时人也不至于注意到，另为他标一格。大凡一种文体出来，必须时期成熟，《诗经》中虽有"子兮子兮"一流的话，《论语》中的"凤兮凤兮"一歌，也还近于《诗经》远于《楚辞》，直到《孟子》书中引的《沧浪之歌》，才像《楚辞》，所以《九辩》、《九章》的体裁，总不能是战国中期以前的物事，西汉时楚调盛行，高帝武帝都提倡他所以房中之乐(如《安世房中歌》)，乃至《郊祀之歌》(说详后)，都是盛行楚声的。赋又是楚声之扩张体，如果歌乐的权柄在司马相如、枚皋一般人手里(见《史记》、《汉书》数处)，则含蓄在非楚调的杂言诗中之五言，没有发展的机会。一种普行的文体乃是时代环境之所形成，楚调不衰五言不盛。

第四节　我们宜注意下列几件事

一、中国一切诗体皆从乐府出，词曲本是乐府，不必论；《诗三百》与乐之关系成说甚多，也不烦证明；只论辞赋，五言，七言，无不从乐府出来。《汉志》于《辞赋略》中标举"不歌而诵"谓之赋一句话，这话说司马相如是对的，说屈原是错的，举一事为证，屈赋每每有乱，《论语》"《师挚》之始，《关雎》之乱，洋洋乎盈耳哉"。有乱的文辞不是乐章是什么？赋体后来愈演愈铺张多，节奏少，乃至于不可歌罢了。七言从汉魏乐府中出来的痕迹更显明（后来再论），五言则除见于东汉乐府者不待说外，所谓古诗，苏、李诗，非相和之词，即清商之祖；后来到曹操所作，还都是乐府，子建的五言也大半是乐府。填词做诗不为歌唱，乃纯是后人的事，古世文人的范域与一般之差别不如后世之大，做诗而不歌，又为什么？所以杜工部还在那里"新诗改罢自长吟"，近代人才按谱填词，毕竟不歌哩（词律之规平仄，辨清浊阴阳，皆为歌时之流畅而起，既不歌矣，而按谱填，真成雕虫之技，不复属于文章之事，无谓甚矣）。

二、中国一切诗歌之原皆是长短句，词曲不必论，四言在《诗经》中始终未整齐，到了汉朝人做那时的"古体诗"（如韦、孟等及自四言诗出之箴铭等等，才成整齐的四言，七言五言从杂言的汉乐府出之痕迹亦可见。

三、从非楚调的杂言中出来了五言，必是当时的乐节上先有此趋势，然后歌调跟着同方向的走，这宗凭传于音乐的诗歌，情趣虽然属于文学，体裁都是依傍乐章，他难得先音乐而变。可惜汉代乐调一无可考，我们遂不能详看五言如何从杂言乐府出一个重要事实。

《楚词》不续《诗经》之体及乐，《楚词》在文情上也断然和《诗经》不同，五言不续《楚词》之体及乐，五言在文情上也断然和《楚词》不同。《国风》、《小雅》中的情感在东汉五言诗中重新出现了(应取《古诗十九首》、苏李诗、五言乐府等与《国风》、《小雅》较)。

论五言乐府者见"汉乐府"节，论汉季五言诗者，见"建安五言诗"节。

附录

《古诗十九首》

苏李诗

拟苏李诗

《玉台新咏》卷一

《乐府诗集》宜为必论之书